文春文庫

朝比奈凜之助捕物暦

駆け落ち無情

千野隆司

文藝春秋

目次

朝比奈凜之助捕物暦

駆け落ち無情

前章　三つの事件

一

闇が、町と水面《みなも》を覆っている。通りには、木戸番小屋の明かりが灯《とも》っているばかりで、人が歩く姿はなかった。

川風が水面と河岸《かし》の道を吹き抜けた。すっかり春めいた二月上旬の風だから、震えるほど冷たいとは感じない。沈丁花《じんちょうげ》の香が混じっていた。そろそろ町木戸の閉まる四つ（午後十時頃）になろうかという刻限だ。

お咲《さき》は家の裏木戸から、音を立てぬように気をつけて出てきた。夜の東堀留川《ひがしほりどめがわ》の河岸道に立ったところだ。

生まれ育った川浦屋《かわうらや》の間口五間半（約九・九メートル）の建物が、闇の中に聳《そび》えている。生まれてから十八の歳になる今まで、毎日目にしていて何も思うことはなかった。けれども今夜で、もう目にすることはなくなる。そう考えて見上げると、涙が出そうになったが、腹に力を入れて堪えた。

同時に、店の誰かに気づかれるのではないかと、心の臓が音を立てた。連れ戻されては、せっかくの覚悟が無になる。生涯を通して添おうと決めた平助《へいすけ》を裏切ることになり、死ぬまで後悔するだろう。

そして自分を殺した、長い暮らしが続く。それは真っ平だった。

日本橋堀江町《にほんばしほりえちょう》の薬種問屋《やくしゅどんや》川浦屋は、界隈では老舗《しにせ》として知られた店だ。父親の庄左《しょうざ》衛《え》門《もん》は町の月行事《がちぎょうじ》を務める旦那衆の一人で、町の者は出会えば向こうから頭を下げた。兄の庄太郎《しょうたろう》も商いに熱心で、川浦屋のこれからは磐石だと言われた。

そしてお咲には、京橋山下町《きょうばしやましたちょう》の薬種問屋越中屋《えっちゅうや》の若旦那富之《とみの》助《すけ》との縁談がまとまっていたのである。

越中屋は店の間口が九間（約十六・二メートル）あって、薬種商いの者ならば知らぬ者のいない大店《おおだな》だった。扱い量は、川浦屋の倍以上あると見られた。主人《あるじ》富《とみ》右《え》衛門《もん》は分限者として、お咲もその名を耳にしていた。

「いい縁ができた。お咲が、越中屋さんの若おかみになるなんて、信じられませんよ」

縁談がまとまったとき、庄左衛門は手放しで喜んだ。親戚の中にも、異を唱える者はいなかった。

「これで商いの幅を、さらに広げられますよ」

野心家の兄庄太郎は、越中屋から資金援助を得て、もっと大きな商いをしたいと意気込んでいた。川浦屋は資金繰りに窮してはいなかったが、見た目ほど楽なわけではなく商いを広げるゆとりはなかった。

誰もお咲の気持ちは分からない。

お咲には、好いて好かれた仲の、平助という者がいた。日本橋田所町《たどころちょう》の庖丁鍛冶《ほうちょうかじ》助蔵《すけぞう》親方の弟子で、四つ年上だった。

あと半年余りで修業を終え、さらに二年の礼奉公を終えれば一人前となる。修業が終わったところで、お咲は親に話そうと考えていたが、その前に越中屋の話が来てしまった。

相手は分限者として知られる大店だ。あれよあれよという間に縁談は進んで、結納も受け取り、祝言《しゅうげん》は一月後にまで迫った。

お咲は平助のことを話す機会を、失してしまったのである。両親や兄、親戚などが喜ぶ姿を目の当たりにして、一度は腹を決めた。親の意に反した祝言など、挙げられるわけがないと考えた。

しかしその気持ちが変わった。

「お咲ちゃん、おれと一緒に逃げてくれないか」

必死の眼差しで、平助から見詰められた。驚き戸惑ったが、嬉しかった。

「おれの庖丁鍛冶の腕は、もうどこでも通用する。江戸《えど》では無理だが、この腕があれば、どこでも食べていける」

決意を伝えられた。祝言を挙げる富之助には、自分に向ける真摯《しんし》な眼差しはなかった。女遊びの噂も絶えない。

「何が何でも、平助さんと添いたい」

湧き上がる不安を吹っ切った。

また川風が吹きぬけた。どこかから野良犬の遠吠えが聞こえた。町の明かりは、木戸番小屋の提灯《ちょうちん》だけだ。

お咲は懐に手を当てた。懐には、金子《きんす》七両が入っていた。当座の路銀にするつもりの金子だった。充分だとは思えないが、それ以上はどうにもならなかった。

この日のために、お咲は日比谷町《ひびやちよう》の質屋三河屋《みかわや》へ行って、持っている中で一番高価な簪《かんざし》と平助が拵《こしら》えた庖丁を質入れした。質屋の敷居を跨ぐなど、初めてだった。

「お咲ちゃんにばかり、持ち出しをさせるわけにはいかねえ」

平助は手掛けた二本の庖丁を持って出る。一本は腕を見せるために使い、もう一本は路銀のために銭に換える。二人で力を合わせ路銀を捻出する話では、胸が熱くなった。

堀江町から離れた日比谷町の質屋へ行ったのは、近くでは知り合いに気づかれると思ったからだ。自分で生きる算段をする。初めてのことだが、平助と一緒ならば不安はあっても怖くはなかった。

東堀留川には、三つの橋が架かっている。一番近いのが万橋《よろずばし》だ。その橋袂《はしだもと》に、黒い男の影が現れた。暗くても、誰か分かった。周囲を見回している。

「平助さん」

呟《つぶや》いて駆け寄った。手を取り合った。

「来てくれたんだね」

安堵の声が耳に響いた。

「もちろん。決めたんだから」

「じゃあ、いいんだね」

強張《こわば》った声だ。握っている手に、力が入った。痛いくらいだ。

「ええ」

改めて河岸の道を見回してから、橋の下の船着場に降りた。すると艪《ろ》の音が聞こえた。闇の中から、一艘の舟が現れた。

漕いでいるのは、平助の幼馴染西吉《とりきち》だ。平助と西吉は相模《さがみ》の同じ漁村の出で、どちらも貧しい漁師の倅《せがれ》だった。西吉は日本橋箱崎町《はこざきちょう》の船宿笹屋《ささや》の船頭で、同じ頃に江戸へ出てきた。以来二人は、親しく付き合ってきた。

「ありがとう。西ちゃん」

平助が声をかけた。

「まかせておけ」

西吉は、駆け落ちに力を貸すことになっていた。二人が乗り込むと、舟はすぐに闇の水面へ滑り出た。

船着場を船が出て間もなく、四つを告げる鐘が鳴った。

三人が乗る舟は、日本橋川を経て大川《おおかわ》へ出た。ここで提灯の明かりを灯した。そのまま川下に向かい、江戸の海に出た。

霊岸島《れいがんじま》に添って進み、舟が止まったのは築地《つきじ》の南飯田河岸《みなみいいだがし》の船着場だった。闇の中に、漁具を入れる小屋がいくつかあった。

「さあ、ここだ」

西吉が、その一つに案内をした。ここで一夜を明かし、明日未明に江戸を発つ算段だった。


同じ頃、芝口《しばぐち》一丁目西側の蠟燭《ろうそく》問屋増本屋《ますもとや》の手代卯之助《うのすけ》は、小用を足すために寝床から出た。母屋の北側にある三畳の部屋だが、一人部屋だった。

厠《かわや》で用を足したところで、庭で物音があった。足音が響いた。それが一人のものではなかったので、どきりとした。

そろそろ町木戸の閉まる四つの鐘が鳴る頃だ。

「ど、どうしよう」

体を硬くし、迷っているうちに雨戸がこじ開けられた。賊が押し入ってきたのが分かった。声を上げそうになったが、呑み込んだ。声を上げれば気づかれ、殺されるかもしれないと察した。

卯之助は、布団部屋に身を隠した。襖《ふすま》を細く開けて、震えながら賊の動きに目をやった。

屋内に入った賊は、持ってきた手燭《てしょく》に火をつけた。淡い明りが屋内を照らして、顔に布を巻いた賊は三人だと分かった。

賊は迷う様子もなく、主人伊兵衛《いへえ》の寝所へ足を向けた。建物内にいる奉公人は押し込みに怖れをなして、声を上げる者はいない。卯之助もただ体を震わせた。

店の金箱は、伊兵衛が寝所へ持ってゆく。金箱には、日によって多少の違いはあるにしても、百両前後が入っているのは分かっていた。

賊はそれを狙ったと察しられた。

伊兵衛は、賊に襲われ金を出せと言われて、すぐに出すとは思えない。卯之助は心の臓が冷たく竦《すく》むのを感じた。

そして何か短い話し声が聞こえた後で、伊兵衛の絶叫を耳にした。

「ああ」

斬られたか刺されたか、ともかくとんでもないことが起こったのは分かった。

このままでいては、自分も殺されると卯之助は考えた。布団部屋から抜け出すと、店の土間へ出た。

途中、足を何かにぶつけたが、痛さは感じなかった。

賊たちが、伊兵衛の寝所を出たのが分かった。金箱を奪ったのだと察した。足音が近づいてくる。

建物の中にいてはいけないと感じて、店の潜《くぐ》り戸を開けて外に出た。汐留川河岸《しおどめがわがし》の暗がりに身を潜めた。

そしてほとんど間を置かないところで、三人の賊も店から前の河岸道へ飛び出してきた。侍一人と町人二人で、顔に布を巻いていた。町人の一人は、金箱を抱えていた。侍は刀を抜いていて、体から濃い血のにおいがした。

伊兵衛は斬られたのだと察した。

やり取りなどないままに、賊は部屋から出てきた。伊兵衛は、あっさりと殺されたのだと思った。

怖れが全身を駆け抜けて、卯之助は声を出せなかった。目の先二、三間（約三・六―五・四メートル）のところを、賊が歩いて行く。

「盗人だ」

ここで初めて、建物の中から叫び声が上がった。足音も聞こえた。

道に出た三人は、迷う様子もなく店の前にある船着場へ駆け込んだ。叫び声などかまわない。舫《もや》ってあった舟に乗り込んだのである。

だがそのとき、一人が押し殺した声で何か言った。それが卯之助の耳に入った。はっきりした声ではない。

「よし。行くぞ」

「へい」

『行くぞ』の前に何か言ったが、聞き取れなかった。艫綱《ともづな》が切られ、賊を乗せた舟は汐留川を東へ向かって滑り出た。

二

翌未明、築地南飯田町《みなみいいだちょう》に住まう一人働きの漁師狛吉《こまきち》は、漁に出るために船着場で自分の舟を出そうとしていた。明るくなるまでに得た江戸前の魚を、魚河岸へ持って行って売る。それが稼ぎだ。

人気のない船着場は、いつもは潮騒《しおさい》の音しか聞こえない。けれどもこの日に限って、揉めているような話し声が耳に入った。くぐもったような声だから、話の内容は分からない。

まだ誰も起き出してこないような刻限だから、空耳かもしれない。そう考えて闇に目を向けたが、声が聞こえたのはそれきりだった。

漁具を舟に載せ、さあ漕ぎ出そうとしたところで、数人の乱れた足音を聞いた。少し前に話し声がしたあたりからだ。

「何事だ」

近くの漁師ではなさそうだ。足音の他にも、何かが燃えるような音が耳に飛び込んできた。直前までなかった不気味な明るさも感じた。

「うわっ」

そちらへ目を向けて仰天した。河岸にある船具小屋から火の手が上がっていた。戸口から、黒煙と共に炎が噴き出している。

乱れた足音は、そちらからだ。殺気をはらんだ黒い影で、四、五人くらいに見えた。ただ数に自信はなかった。男女の区別もつかない。

息を呑んだまま見詰めた。

黒い影たちは、舫ってあった舟に乗り込むと、一人が艪を握った。舟は船着場から滑り出た。小屋に火を放って逃げたのだというのは分かった。

舟は巧みに漕がれ、鉄砲洲《てっぽうず》と佃島《つくだじま》の間の闇に向かって進んでいった。

そしてぼうと燃える小屋の炎に目が行った。風向きが海から陸へと変わった。

「これは、たいへんだ」

狛吉は町に向かって走った。

「火事だ。付火だ」

出せる限りの声で叫んだ。

南町奉行所《みなみまちぶぎょうしょ》へ出ようとしていた定町廻り同心《じょうまちまわりどうしん》の朝比奈凜之助《あさひなりんのすけ》だが、町廻り区域の築地南飯田町の若い衆が、八丁堀《はっちょうぼり》の屋敷に駆け付けてきた。

「河岸の船具小屋が、付火に遭いました」

「死傷者が出たのか」

「いえ、燃えただけです。類焼はありません」

すでに消火されたと知らされた。類焼はない。

ほっとしたが、危ないところだったという。火の気のない場所だから、付火なのは間違いないとの話だった。

船具小屋で、死傷者もないとはいえ、付火は重罪だ。ともあれ検分のため焼け跡に向かった。

父松之助《まつのすけ》に挨拶をし、母文ゑ《ふみ》と祖母朋《とも》に見送られて屋敷を出た。やり手の同心だった松之助が隠居をして、凜之助は定町廻り同心となった。年が明けて二年目になる。

父は、気丈な祖母と母に押されて、屋敷の中では顔色がない。口数少なく、趣味の鳥籠《とりかご》造りに没頭していた。素人の仕事とは思えない見事な品を拵え、それなりの実入りになっているはずだった。

まだ新米だ。

凜之助は、築地に急ぐ。

「しかしおかしいな」

歩きながら呟いた。火の気のない場所だから、付火だとの判断は当然だろう。しかし船具小屋というのが腑に落ちない。金めの物など、置いていないだろう。それなのに何故という疑問だ。

南飯田河岸に着いた。焼け跡からは、まだ煙が上がっている。焦げたにおいが、鼻を衝《つ》いた。

すでに土地の岡っ引きが姿を見せている。焼け跡に目をやっていた。

「丸焦げになった、死体のようなものがありやす」

「何だって」

自死にしろ殺しにしろ、そうなると大きな事件になる。早速、焼死体を検《あらた》める。

「これです」

岡っ引きが、焼け跡へ入って指さした。

遠くから見れば焦げた丸太のように見えなくもないが、近寄ると強い異臭があった。凜之助は手拭いを鼻と口に当てた。焦げた材木の臭いではない。

「間違いなく人だな」

それは分かった。正視し難いほどの酷い焼け方で、男女の区別もつかないくらいだった。お役目でなければ、近づきたくない。

「夜間に、何かで揉めて、火をつけたということか」

蘭方医《らんぽう》を呼んで、死体の検分をさせることにした。それから火事を発見した漁師に問い質しをした。狛吉という、初老の漁師だ。

「へい。魂消《たまげ》ました。一度揉めているような声がして、少ししたら乱れた足音が聞こえました」

小屋のあたりから駆けて来た殺気立った四、五人の影のこと、乗り込んだ舟が向かった方向などについて聞いた。ただそれ以外のことは分からない。

この数日、雨は降っていなかった。小屋は一気に燃えた。

「小屋に、不審なことがあったのか」

「何もなかったと思いますが」

近所に気の荒い漁師が住んでいるが、喧嘩騒ぎなどはなかった。

小屋の持ち主にも訊いた。

「一昨日の夕暮れ時に、網を仕舞いました。でもそのときには、何の変わりもありませんでした」

それ以後、出入りはしていなかった。錠前などは、いつもかけていない。毎日出入りをすることはなかったそうな。また漁から戻って、漁具の出し入れをした以降は入らないとか。

「ならば何者かが入り込んで、事を起こしても分からないわけだな」

岡っ引きの手先が、夕刻以降に小屋周辺で不審な者を見なかったかと聞き込みをしている。しかし変事に気づいた者は、まだいなかった。

焼け跡は一応調べたが、まだ充分とはいえない。再度詳しい調べをしたいので、しばらくそのままにさせる。周辺に何か不審なものが落ちていないか当たったが、それはなかった。

凜之助はいったん南町奉行所へ出て、事の次第を報告することにした。

第一章　腹の刺し傷

一

南町奉行所定町廻り同心忍谷《しのや》郁三郎《いくさぶろう》は、芝《しば》が受け持ちの町廻り区域になっていた。深夜、その芝口一丁目西側の増本屋で押し込みがあったと知らされた。寝酒を飲んで、さあ夜具に入ろうかとしたところだった。

「めんどくせえ」

聞いて最初に出た言葉は、これだった。

主人伊兵衛は殺され、九十一両が奪われた。三人組の強盗だという。汐留川に用意していた舟で、逃走したとか。

殺され金を奪われたのは不憫《ふびん》だが、話で訊いただけでも、厄介な探索になるのは目に見えていた。忍谷家代々の役目だから跡を継いだが、定町廻り同心という仕事に熱意があるわけではなかった。

手間のかかることはしたくない。これが本音だ。

増本屋の主人伊兵衛とは顔見知りで、会えば挨拶くらいはした。大店の蠟燭問屋で、大名家の御用達も受けている。界隈では分限者として知られていた。商いで動かす金高は大きく、何事もないときでも、店の金箱には百両程度は入っているという噂があった。

奪われた金高から、噂は事実だった。

四十一歳で、女房お梅《うめ》との間に十五歳になる由太郎《よしたろう》という倅がいた。由太郎は同業の店に修業に出ていたが、通いの番頭の他に、十数人の手代や小僧が住み込みで働いていた。

大事件だから、深夜であってもそのままにはできない。仕方がなく着替えた忍谷は、八丁堀の屋敷を出て、芝口一丁目に向かった。

店先には篝火《かがりび》が焚かれ、すでに町の岡っ引きが姿を見せていた。すべての部屋に明かりが灯されているが、いかにも寒々しく感じられた。

主人が寝所で斬殺され、高額の金子を奪われた。店の敷居を跨いだだけでも、微《かす》かな血のにおいがした。

奉公人たちは、蒼《あお》ざめた顔で店の板の間に座っている。通いの番頭も姿を見せ、倅の由太郎も修業先の店から呼ばれて来ていた。

お梅は気が動転していて、思い出しては泣くといった様相で、話を聞ける状態ではなかった。岡っ引きが前もって奉公人たちから聞いた限りでは、賊が三人だったことは間違いない。

まずは番頭と、五人いる手代たちから話を聞いた。

「庭で、物音がしました。そ、それで目を覚ましましたが、裏木戸の閂《かんぬき》は掛けましたが、いつの間にか外されていました」

三人の内の一人が裏の板塀を越えて敷地内に入り、内側から閂を開けて他の者が敷地内に入ったと考えられた。

「声を上げる間もなく、雨戸が外されて、賊が入り込んできました。す、すぐに、旦那さんが寝ている部屋へ行きました」

賊は手燭を持っていた。それで三人の内の一人は侍だと分かったのだそうな。怖れで震えていた者は、押し込みの人数さえあいまいな者もいた。

「迷う様子はなかったか。誰かに案内をさせたのではないか」

手代たちは顔を見合わせ、それから一番年嵩《としかさ》の者が答えた。

「それは、なかったと思います」

「建物の間取りを、分かっている気がしました」

と言う奉公人がいた。

「すると賊たちは、建物の中をすべて歩き回ったわけではないのだな」

「はい」

手代たちは頷いた。

賊たちが動いたのは、押し入った廊下から主人の部屋、そして店を経て通りに出るまでとなる。

「建物内の、そのあたりを分かっている者は多かろうな」

忍谷の判断だ。番頭や手代は頷いた。

「襲った者に心当たりはあるか」

「商いですから、恨まれることがないとは申せません。ですがここまでされるような恨みを買っていたとは、とても思えません」

番頭が、半べその顔で返した。手代たちは、慌てて頷いた。驚きと恐怖は、簡単には引かないようだ。

百両程度の金は、いつも金箱にあったという。金箱は、毎夜主人が、寝所に置いていた。そのことは、店の者ならば皆知っていた。

それから忍谷は、遺体を検めた。肩から胸にかけて、一刀のもとに斬られていた。他に傷はない。傍《はた》でお梅と由太郎が、泣きはらした顔で見詰めている。

「なかなかの腕だな」

殺すつもりで振り下ろした一撃に違いなかった。同じ部屋にいた女房が口を利けないのは、当然だと思われた。

賊たちが金箱を抱えて闇に紛れてゆく姿を、見ていたと告げる手代がいた。卯之助という者で、店を出てから舟で逃走する様子を聞いた。

「こ、怖くて、何もできませんでした」

と言ったが、三人の動きは目に止めていた。賊の一人が発した「行くぞ」の前の言葉は犯人捕縛の手掛かりになりそうだった。

「艪を握った、船頭役の名ではないかと」

と卯之助。

「向かう先の地名ではないか」

「そ、そうかもしれません」

恐怖に震えながら聞いた言葉だから、極めてあいまいだ。自信もないようだ。

「思い出してみろ」

これが分かるかどうかは大きい。たとえ違っても、音が似ていれば類推できる。卯之助はしきりに首をかしげたが、浮かばなかった。

「済みません」

肩を落とした。ただ逃げた舟が向かったのは、汐留川の東方面だと分かっていた。これは間違いない。

翌朝、忍谷は南町奉行所に事件を報告して、再び芝口一丁目西側の増本屋へ向かった。土地の岡っ引きには、周辺の聞き込みをさせていた。ここまでのことを訊いた。

「酔っぱらいで、変なのは歩いていましたけどね」

と言う者はいた。しかし夜も更けていたし、目撃した者も酔っていた。人物を特定することはできなかった。

しかし一人だけ、深夜外出していて、四つの鐘が鳴った後、舟で汐留川へ帰って来た者がいた。町内の裏長屋に住み、古舟で近郊から野菜を仕入れてきて売る稼業の中年男だ。

「逃げる押し込みの舟を、見ているかもしれぬな」

「ええ。長く町内にいる者ですから、増本屋についてもいろいろ知っているんじゃないですかね」

と岡っ引きが返した。早速長屋へ行ってみると、まだ出かけていなかった。

「昨夜は四つの鐘が鳴る頃に、汐留川へ戻ってきたわけだな」

「へえ。そうです」

どきりとしたような、困ったような顔をした。

「何をしていた」

「三十間堀河岸《さんじっけんぼりがし》の居酒屋で、酒を飲んでいました」

と答えたが、店の名を訊くとはっきり言えなかった。供述はあやふやだ。怪しいと思って責め立てると、賭場へ行っていたと分かった。博奕《ばくち》は御法度なので、行き先を言えなかったのである。

「博奕のことは話さずともよい」

忍谷が告げると、男はほっとした顔になった。

「四つの鐘が鳴って少しした頃、あっしは三十間堀から汐留川へ入りやした。そうしたら、明かりをつけない舟が芝口橋《しばぐちばし》の方からやって来て、驚きやした」

押し込みたちの舟だと思われた。

「どこへ行ったか」

三十間堀へ入ったか、そのまま汐留川を進んだか、それがはっきりする。

「汐留橋を潜って行きました」

「そうか」

そのまま行けば江戸の海だ。大川の方や反対の芝浜《しばはま》方面などどこへでも行ける。両岸は大名屋敷だから、行き先を当たるのは極めて厳しい。問いかけることもできなかった。

「くそっ」

予想通り、手間のかかる探索になりそうだ。

「押し込みのやつ、おれの受け持ち区域以外のどこかでやればいいのに」

忍谷は三人の押し込みが恨めしかった。

二

夜が明けて、川浦屋でお咲がいないと最初に気づいたのは女房のお品《しな》だった。

「おまえさん、ちょっと」

庄左衛門は、お品から声をかけられた。抑えた口ぶりで、怯《おび》えた目に見えた。

「どうした」

「お咲が家を出たようで」

「何だと」

仰天した。しかしありえないことではないと感じた。すぐにお咲の部屋へ行った。

布団は畳まれて、部屋の中はきれいになっていた。いつも付けている鬢《びん》付け油のにおいが微かに残っているだけで、妙によそよそしく感じた。

「あの子が大事にしていた、簪がありません」

「髪に挿したのではないか」

「そうでしょうか」

と返されて、どきりとした。そうであってほしい気持ちが、初めに話を聞いたときからあった。

「質入れをしたのかもしれません」

よほどのときでなければ身につけない、持っている中で一番高価な品だとか。出かけるという話は聞いていない。

「何のためにだ」

「路銀のために」

お品の顔は、引き攣《つ》っている。思いつきを口にしているのではないと受け取った。

「おのれっ」

動揺した。駆け落ちだと、本気で考えた。気配は何となく感じていたから、気をつけていた。ただまさかという気持ちの方が大きかった。

「相手は、庖丁職人の見習いか」

「そうかもしれません」

お咲には好いて好かれた相手がいるらしいとは、お品から聞かされていた。お咲がはっきりと口に出したわけではなかった。

お品が、母親の勘で感じたことである。それで相手について、庄左衛門は人を使って密《ひそ》かに調べさせた。すると日本橋田所町の庖丁鍛冶助蔵の見習い職人平助だと分かったのである。

まじめな職人で、腕も悪くないと聞いた。お咲は口には出さないが、気があるらしい。けれども、認めるわけにはいかなかった。

大店越中屋との縁談が、進んでいたのである。相手は乗り気だった。

「とんでもない話です。先の知れない庖丁職人などと縁組をして、いったい何になりましょう」

跡取りの庄太郎は反対をした。越中屋から資金援助を得て、商いを大きくすることしか考えていなかった。

越中屋との縁談を進めていたのである。先月には結納を受け取り、祝言の日取りまで決まっていた。

「勝手な真似をしおって」

腹が立ったが、どうにもならない。

「町の者に気づかれないように捜して、連れ戻してこい」

祝言を一月後に控えた娘が駆け落ちしたなど、川浦屋にとってはいい恥さらしだ。越中屋に知られたら、間違いなく破談になる。

深夜に家を出たとしても、そう遠くへは行けない。まだ江戸にいるのではないかと考えた。

「はい」

商いは休まない。明日に回せる仕事は明日にして、奉公人たちを外へ出した。

「堀江町の周辺にはいないようです。見かけた者はいません」

半刻（約一時間）ほどで、そんな知らせが入った。

夕食後部屋へ入るのを、お品が見たのが最後だった。そのときは、何も変わりがないように見えた。

庄左衛門は、田所町の庖丁鍛冶助蔵親方のところへ足を向けた。

「平助はいるかね」

「それが、昨夜から姿が見えねえんですよ」

駆け落ちだと、はっきりした気がした。お咲の姿がないことを伝えた。

「ええ」

助蔵も仰天した様子だった。

お品から、お咲が平助との間に気持ちがあるらしいと聞いてから、庄左衛門は助蔵を訪ねていた。二人の間にどのような気持ちがあっても、それを認めることはできないと伝えていたのである。

「分かりました」

と助蔵は口にしていた。助蔵とは遠縁で、額こそ大きくないが、金銭的に苦しいところで、庄左衛門は救ったことがあった。何年も前のことだが、互いに忘れてはいない。

翌日、平助には釘を刺したと助蔵から知らせがあった。しかし恋情というものは、妨げがあるほど燃え上がる。

「二人して逃げたのならば、申しわけねえ」

親方として頭を下げた。平助は隣接する長屋に住んでいて、夜間出かけたことには気付かなかったと言った。朝になっても姿を見せないので長屋へ様子を見に行かせて、不在に気がついた。

「あいつが行っていそうなところを、捜しましょう」

助蔵の言葉を聞いて、庄左衛門は引き上げた。

とはいえ助蔵の方は、見習い職人を一人失っただけで、川浦屋ほど損失は大きくない。昼過ぎになっても、お咲と平助の行方は捜し出せなかった。

「夜のうちに、江戸を離れたのか」

越中屋との縁談を壊したくないから、大げさにはしない。ただ店だけではどうにもならないので、庄左衛門は土地の岡っ引き豊七《とよしち》に事情を伝えた。

「目立たぬように、連れ戻してくださいまし」

頭を下げた。

「ふざけたことをしやがって」

豊七は、平助を罵った。そこへ、川浦屋に投げ文があった。店先にいた小僧が気づいた。投げた者は、すぐに姿を消した。

手渡された庄左衛門は、紙片を開いた。

『お咲を預かっている　夕暮れまでに　百両を用意しろ』

とへたくそな文字で記されていた。用意した百両をどうしろという指図はなかった。引き渡しの場所や刻限の指定は後でということらしい。

「平助が、金目当てにお咲を誑《たぶら》かしたのか」

こうなると駆け落ちではなく、誘拐となる。庄左衛門は憎々し気に呟いたが、どこかでほっとしていた。

賊として捕らえることができるし、たとえ百両を渡してもお咲を取り返すことができる。駆け落ちとはならない。

「恋情で眩《くら》んでいたお咲は、これで目を覚ましたことだろう」

川浦屋は被害者となる。こうなると営利誘拐の犯罪だから、豊七を通して町奉行所へ届け出た。

築地南飯田河岸の船具小屋の付火について、凜之助は奉行に報告書を出した。焼死体までが発見されていた。受け持ち事案の殺人と放火事件として、継続して探索に当たることになった。

そこへ堀江町の川浦屋からの届けがあった。ここも受け持ち担当区域だった。営利誘拐ならばそのままにはできない。

「すぐに参ろう」

いったん南飯田河岸の付火についてはおいて、川浦屋へ足を向けた。町の旦那衆の一人である庄左衛門とは、顔見知りだった。

凜之助は、庄左衛門から事情を訊いた。

「平助のやつは、お咲を誑かして攫《さら》ったのでございます」

庄左衛門はお咲を庇い、平助だけを悪役にしたもの言いだった。お咲がいなくなった今朝の部屋の状況について、お品から聞いた。お咲の祝言が、一月後に迫っていることを知った。

「金の引き渡しの折に捕らえよう」

闇に紛れて逃げた。平助とお咲の足取りは摑めない。今は次の投げ文を待つしかなかった。

文を投げたのは破落戸《ごろつき》ふうだったというが、逃げ足は速かった。捕らえることはできなかった。

豊七と手先が、店の出入り口を見張った。店の者にも、不審な者が現れないか注意をさせた。

「百両はあるのか」

金子については、確かめておかなくてはならない。

「手元にあるのは、七十両ばかりです。ですが残りはすぐに用意できます」

庄左衛門は、凜之助の問いかけに答えた。支払いのための金だが、待ってもらうという。残りは親類縁者から借り集めると告げて、店から出て行った。

一刻（約二時間）ほどで、庄左衛門は戻ってきた。

「用意ができました」

こうなったら、投げ文を待つばかりだ。金など鐚《びた》一文も与えず、お咲を奪い返すつもりでいる。

けれどもなかなか次の投げ文が来ない。庄左衛門はじっとしていられず、落ち着かなかった。

そして夕刻になって、三軒先の足袋屋の主人が投げ文を持ってきた。川浦屋には投げないで、見張りのない他の店へ投げたのである。

「したたかなやつだな」

庄左衛門は吐《は》き捨てるように言ってから、紙を開いた。

『浜町堀《はまちょうぼり》の大川への河口に架かる川口橋《かわぐちばし》まで　庄左衛門が暮れ六つ（午後六時頃）に一人で金を持って来い』

というものだった。通りには、すでに薄闇が這い始めている。

「よし。周辺に潜んで捕らえよう」

暮れ六つには、そう間がない。急がなくてはならなかった。

「なかなかに周到だが、平助の企みなのか」

凜之助はそれが気になった。平助はお咲を騙《だま》して誘《おび》き出したのか、二人の企みか。他に仲間がいるのか、それは分からない。

ともあれ凜之助と岡っ引きが、周辺に潜むことにした。

浜町堀は、昼間は荷船の行き来が多い。しかしこの刻限になると、その姿を見かけることはなくなった。

この辺りは、日本橋川の河口近くでもあった。

金子の受け取りには、陸路だけでなく舟を使うことも考えられた。凜之助は豊七やその手先と共に、物陰に身を潜めた。舟の用意もしていた。

すでに土手は、すっかり闇に覆われていた。闇に目を凝らしながら、平助が現れるのを待った。

暮れ六つの鐘が鳴った。だがそれらしい者の姿は、現れなかった。それでも辛抱強く、四半刻（約三十分）ほどは待った。

「はあ」

捕り方の一人がため息を吐《つ》いた。賊は現れなかった。捕り方が潜んでいたことに気づかれたのか。

「おのれ、平助め」

さらに四半刻以上待ったところで、庄左衛門が毒づいた。

「仕方がない」

庄左衛門と凜之助ら捕り方は、川浦屋へ戻った。

「これから、何かいってくるかもしれない」

そう考えて町木戸が閉まる四つまで待ったが、次の投げ文はなかった。

三

忍谷は押し込みのあった翌朝、増本屋の女房お梅と倅由太郎に問いかけをした。お梅はひどく窶《やつ》れた表情だったが、話はできるようになっていた。二人とも、寝床に入って寝てはいない。

遺体の顔には白布がかけられ、線香が上げられている。

「店や伊兵衛に恨みを持つ者はいないか」

悔みの言葉をかけた後で、忍谷は早速訊いた。商売敵や辞めさせられた奉公人などについてだ。

押し込んだ三人組の動きには、話で聞く限り無駄がない。無縁の者の犯行とは思えなかった。すべてでないにしても、三人のうち一人は、何らかの関わりがあり出入りをしたことがある者と推量した。

お梅と由太郎の他に、番頭も加えて考えさせた。

「そうですね」

ぶつぶつ何か呟いた後で、四人の名が挙がった。商売敵が二軒と、不始末をして辞めさせた奉公人が二人である。

「辞めた奉公人はもちろんですが、二軒の同業も建物の中に入ったことがあります」

番頭が言った。主人の寝所には入れていないが、場所の見当はつくかもしれないと付け加えた。前の廊下を歩いているかもしれない。

まず商売敵二軒に当たる。一軒目は、芝露月町《ろうげつちょう》の店だ。

「ええ。増本屋さんには恨みがありますよ。顧客を取られたり、仕入れ先を取られたりしましたから」

主人は、強張った顔で言った。増本屋が三人組の押し込みに遭って大金を奪われ、伊兵衛が殺されたことは知っていた。

芝や京橋あたりでは、大事件として伝わっている。

「でもねえ、押し込んで伊兵衛さんを殺すなどありません。不逞の浪人者にも知り合いはありませんよ」

町廻り区域内の店だから、忍谷も主人のことは知っていた。言葉通りだと思われた。

そこまでの悪党とは感じない。

一応昨日の夕刻からの動きを聞いて、店を離れた。

もう一軒も、同じような者だった。どちらも昨夕から夜にかけて、居場所ははっきりしていた。

辞めさせられた一人は蠟燭の振り売りをしていたが、暮れ六つ以降煮売り酒屋で酒を飲んでいた。犯行には加われない。

もう一人は行方不明で、博奕に手を出して店を辞めさせられた。伊兵衛を恨んでいる。半年前に会ったという者を捜した。

「あいつはもう、江戸にはいないんじゃねえですかね」

芝界隈では、まったく顔を見ないそうな。気の荒い乱暴な一面もあるとかで、盗賊仲間の可能性はあった。

ただ行方を知る者は、聞き込んだ限りではいなかった。

それから忍谷は、朝比奈家の義父松之助を訪ねた。忍谷の妻女由喜江《ゆきえ》は、松之助と文ゑの娘で、朝比奈家の当主となった凜之助は義弟という繋がりになる。

増本屋を襲った三人組が初犯かどうか分からない。増本屋では落ち着いた無駄のない動きをしていたから、前がありそうだと踏んだ。そこで鬼同心と言われ、江戸で起きた凶悪事件については生き字引のような松之助に、該当しそうな事件について聞こうと考えての訪問だった。

町奉行所でも例繰《れいく》り方《かた》へ行けば調べられるが、聞いた方が早いという計算があった。要領がいいと、陰口を叩かれていることは知っていた。

松之助は、縁側で鳥籠造りに精を出していた。まだ途中だったが、なかなかの出来に見えた。竹ひごも自分で削るが、どれも同じ太さで感心した。

松之助は作業の手を止めず、忍谷が手掛けることになった押し込み事件についての詳細を聞いた。

「それならば、あるぞ」

屋敷では昼行燈《ひるあんどん》だが、頭脳明晰で記憶力もなかなかのものである。一年と七、八か月前、松之助は惜しまれながらも隠居をしたが、その直前に一件あったという。

「浅草黒船町《あさくさくろふねちょう》の油屋が侍一人、町人二人の三人組に襲われ、七十九両を奪われた。ここでは、確か若旦那が殺された」

見事な斬り口だったと、同心たちの間で話題になった。

「そういえば、ありましたね」

そういう事件があったと思い出した。南町奉行所が月番のときの事件だったが、忍谷は関心を持たなかった。

「犯行後江戸を出たか、どこかに潜んでいて、またぞろ姿を現したわけだな」

「金がなくなったからでしょうか」

「そうやもしれぬ」

三人で分ければ二十六両ほど、派手に遊べば一年でなくなる。当時南町奉行所では念入りな探索を行ったが、賊たちに近づくことができなかった。賊たちに繋がる手掛かりを得られなかった。

「分かったのは、賊の一人が五十過ぎの初老の者だというだけだ」

犯行前に、押し込んだ油屋のことを調べていた。それでも、参考にはなった。

その夜、増本屋では伊兵衛の通夜が行われた。町の者や同業の者が顔を見せた。死に方が死に方だったから、皆沈痛な面持ちだった。

忍谷はその一人一人に目をやり、現れた人物が何者か、傍らに置いた手代に告げさせた。不審な者が現れないか目を凝らしたが、それはなかった。

店の周辺についても、不逞浪人や破落戸ふうが現れないか、岡っ引きに探らせた。通りかかった怪しげな者はいたが、増本屋について不審な動きをしたわけではなかった。

浜町堀の川口橋で身代金の引き渡しができなかった翌朝、凜之助は祖母朋と母文ゑに見送られて朝比奈屋敷を出た。

松之助は、相変わらず鳥籠造りにいそしんでいた。玄人の仕事と見なされているから、大身《たいしん》の武家や金のある商家の者が求めて行く。松之助が手にする金子は、なかなかのものらしい。

朋は書の指南をし、文ゑは裁縫を教えている。どちらも結構な実入りになるので、朝比奈家の内証は豊かだ。

屋敷を出て、歩きながら今日の探索について考えた。お咲の件があるから、南飯田河岸の付火の探索にかかれない。岡っ引きに、近所の聞き込みをさせていたが、何の手掛かりも得られていなかった。

人を殺し小屋を焼いたのは、土地の者ではなさそうだった。

「凜之助さま」

と明るい声で名を呼ばれた。立ち止まって声のした方に目を向けると、日比谷町の質屋三河屋の娘お麓《ろく》だった。

お麓は文ゑから裁縫を習っていて、気に入られている。凜之助の嫁にしたいと文ゑは考えていて、縁談を進めようとした。

しかしその話が進まないのは、朋が書を指導している、網原《あみはら》三雪《みゆき》を凜之助の嫁にと話を持ち出しているからだった。三雪は南町奉行所養生所《ようじょうしょ》見廻り同心網原善八郎《ぜんぱちろう》の娘で、折々小石川《こいしかわ》養生所で医師の手伝いなどをしていた。

どちらも凜之助とは会えば話をし、探索の手伝いもしてくれたが、恋情を持つといった間柄にはなっていなかった。

朝比奈屋敷には、書と裁縫を習う娘が毎日多数やって来る。お麓や三雪だけでなく、他の娘たちとも会えば話くらいはする。ただ物心ついたときから大勢の娘に囲まれて過ごしてきたので、女子とは厄介で面倒くさいと思うこともあった。

お麓は何かの用事で出てきたらしいが、歩く方向が同じだった。それで話をしながら歩いた。

「南飯田河岸であった付火の一件は、お調べがたいへんでしょうね。丸焦げになった死体まで出てきたのは、驚きです」

めったにない出来事だから、鉄砲洲や八丁堀あたりでは評判になっているとか。怪事件として、読売《よみうり》まで出た。

「何で、そんなことになったのでしょう」

お麓は、そこが気になるらしかった。凜之助も考えたことである。

「殺されてから焼かれたのでしょうか。それとも生きていて焼かれたのでしょうか」

「そうだな」

凜之助は焼死体を思い浮かべた。はっきりしない。

「焼き殺すなんて、酷いですね」

「何かの仲間割れであろうが」

「お金でしょうか、それとも何か他のことで」

「確かに、金子のこととは限るまいな」

今の段階では、見当もつかない。ただお麓と話したことで、少し整理ができた。死んだのが焼かれる前か後かなど、考えもしなかった。迂闊《うかつ》だった。

川浦屋のお咲の件については話さなかった。付火とは関わりのないことだ。

何か変事があれば、土地の岡っ引き豊七が知らせてくる。今のところは、何も言ってきていなかった。

お麓と別れた凜之助は町奉行所へ行って、一昨日の夕刻以降で行方知れずになって届けられている者はいないか調べた。借金取りに追われて、夜逃げをした一家があるだけだった。

ただ破落戸や無宿者ならば、いなくなっても誰も届け出たりはしない。その可能性はあった。

四

凜之助はここまで調べたことを、与力《よりき》の飯嶋利八郎《いいじまりはちろう》に報告をするために執務部屋へ足を向けた。飯嶋は四十八歳の年番方《ねんばんかた》で、気難しい者として、若い与力や同心から怖れられ煙たがられていた。

南町奉行所内では奉行に次ぐ権力者である。町奉行は、旗本にとっては就きたい役目の一つではあるが、大過なく三年ほど勤めてさらに次の役目へと移ってゆく者が多い。通過点と捉える旗本は少なくない。

町奉行として民政に精通しているとは限らないし、短期間で役目を終えるので不慣れなうちに役目を終えてしまう者もいる。

そういうとき、老練な年番方の存在は大きかった。任せておけば、それなりに事を治めてしまうからだ。飯嶋は年番方与力として町奉行所の運営に精通していて、奉行からは便利がられた。ただそうなると、飯嶋の発言力は大きくなった。飯嶋の言葉を、奉行は無視できないからだ。

「入れ」

名と用件を伝えると、飯嶋が応じた。

すでに凜之助は、築地南飯田河岸での放火と焼死事件について、昨日文書では報告をしている。その後の調べの結果と、新たに起きた川浦屋の一件について伝えた。

飯嶋は、用件以外は一切口にしない。無表情のまま話を聞き終えた。いつものことである。しくじれば叱責されるが、うまく行っても、励まされたりねぎらいの言葉をかけられたりすることはなかった。

誰にもではない。凜之助には冷ややかな対応をしていた。

「しっかりやれ。どちらも抜かりのないようにな」

「ははっ」

「その方の役目だ」

焼死事件も川浦屋の件も重い出来事だが、助勢を出すとは言わなかった。手のかかる事件を同時に二つ抱えた場合には、手の空いている同心にどちらかを担当させる。しかしその言葉はなかった。

飯嶋と近い同心には力を貸すが、そうでないと突き放す。露骨だが、言及する者はいない。

父松之助とも、うまく行っていなかった。権威的で考え方も違う。性が合わなかったのかも知れない。ただ不満はあったが、松之助は有能で使える同心だったから、飯嶋は文句を言えなかったのだと凜之助は察していた。

受け持ち区域内の事件である。凜之助にしてみれば、全力でかかるつもりでいた。言われるまでもなかった。

与力部屋を出ると、忍谷が廊下にいた。並んで歩き始めると言った。

「あいつ、相変わらずおまえには冷たいな」

やり取りを聞いていたらしい。

「さあ」

「手助けはしないが、しくじったならばお前のせいといった言い方ではないか」

不満らしかった。忍谷も飯嶋には冷遇されている。凜之助とは、義理の兄弟だった。誰もいないところでは、呼び捨てにしたり「あいつ」などと言ったりした。

同心詰所に行くと、部屋には誰もいなかった。忍谷はそこで、思いがけないことを口にした。

「飯嶋は、鉄之助《てつのすけ》の件で何か関わりがあるとおれは見ている」

「えっ」

驚いた。凜之助の兄鉄之助は事故で亡くなったことになっているが、実はそうではないと考えている。これは松之助も同様だったが、南町奉行所内ではすでに済んだことになっていた。

その件について、忍谷がものを言うのは初めてだった。今までは、この件には口を閉ざしていた。

一昨々年の秋から冬にかけてのことだ。将軍家菩提寺《ぼだいじ》の一つである伝通院《でんづういん》の本堂修復に際して、材木納入に関する不正疑惑が問題になった。町奉行所では、寺社奉行と共にその解明に当たることになったが、見習い同心として出仕して鉄之助も調べに加わった。

容疑をかけられたのは、当時作事《さくじ》奉行だった家禄二千石の旗本神尾陣内《かみおじんない》と深川《ふかがわ》の材木問屋峰崎屋《みねさきや》勘五郎《かんごろう》である。使命に忠実な鉄之助は念入りに探索を行い、二人の罪状を明らかにする手掛かりを得た気配があったが、事故死をしてしまった。

そして神尾と峰崎屋は、いつの間にか不正疑惑の対象から外れてしまった。その後神尾は京都町奉行に出世し、峰崎屋は公儀の重い役目を果たした商人として認められ、商いの幅を大きくしていた。

松之助は鉄之助の死を不審に思い探索に当たっていたが、町奉行からその探索には当たるなと命じられた。そこでどのようなやり取りがあったか凜之助には分からないが、松之助は隠居をして、凜之助が後を継ぐことになった。

誰もいない詰所の中でも、忍谷は声を潜めた。

「確証はないが、飯嶋は神尾陣内や峰崎屋勘五郎を取り持つ役目をしていたのではないかと、考えている」

忍谷は事件のとき、すでに南町奉行所へ同心として出仕していた。

「いや、その気配はあった。あやつは、神尾屋敷へ出入りをしていた。峰崎屋の饗応《きようおう》も受けていたからな」

「そんなことを、どうして」

凜之助は息を呑んだ。

「鉄之助から聞いたのだ。そして神尾や峰崎屋への調べは、うやむやになった」

「では父上が役目を退き隠居をしたのは」

「あやつが、そうなるように仕組んだのではないかと、おれは睨んでいる」

いつもはやる気のない顔をして事に当たっているが、珍しく真剣で凜之助には意外だった。

「神尾は、三千石高の町奉行職を狙っている。そうなったら、飯嶋はさらにおいしい汁を啜《すす》れるからな」

町の者の暮らしのことなど、微塵《みじん》も考えてはいないと付け足した。

飯嶋の、自分に対する冷ややかな態度や物言いは、忍谷の話を聞いて得心が行く。鉄之助の一件にいまだにこだわりがある。それは己の脛《すね》に傷があるからだろうと感じた。ただ今の段階では、それを明らかにすることはできない。

忍谷は朝比奈家と近い縁筋だから、飯嶋からは冷遇されている。しかしそれについての不満を口にしたことはなかった。

互いに関わっている事件について、詳細を伝え合って別れた。

昨日焼死体の検分を依頼した蘭方医がやってきて、結果を伝えられた。

「見事な焼けっぷりで、やはり男女の識別はできませんでした」

もちろん歳もだ。炭のようになっていた部分もあった。

「仕方がなかろう」

分かると、期待はしていなかった。

「ただ骨格からすると、男でしょう。大柄な者ではありませんね」

「では大柄な女ならば」

「ないとは決められませんが、それならば相当に大柄な者でしょう」

「他に何か損傷は」

「下腹部分に、刃物で刺された跡がありました」

匕首《あいくち》か、刺身庖丁のようなものだという。

「かなり深いです。それで死亡したと思われます」

「すると、刺されてから火をつけられたことになるな」

「おそらく。揉めていて、提灯や蠟燭の火が、衣服や建物に移ったのではないでしょうか」

「なるほど、そちらの方がありそうだな」

お麓は金の悶着《もんちゃく》とは限らないと言っていたが、ならば何があるのか。飯嶋の「抜かりのないように」という言葉が、胸に響いた。

五

南町奉行所を出た凜之助は、堀江町の川浦屋へ足を向けた。そろそろお咲の件について投げ文があっていい頃だが、変事の知らせはなかった。

店の前に立つ。外見に異変は窺《うかが》えなかった。ただ敷居を跨ぐと、店の中の様子は、常とは感じなかった。張り詰めたものがある。商いは行われているが、庄左衛門は何も手がつかない。じっとしていられない様子だった。

豊七やその手先が見張っているが、不審な者は現れていない。前回は三軒先の足袋屋が文を受け取っていた。だから豊七は手先を総動員して、周辺の町の様子にも気を配っていた。

「何だよ、おれは何もしちゃあいねえぜ」

川浦屋を覗いた破落戸を、手先が捕らえた。身ぐるみ剝いだが、何も持っていなかった。犯行時にどこにいたかもはっきりした。

明らかに、捕り方の勇み足だった。ただ捕り方には、攫った者をそのままにはしないという意気込みがあった。

凜之助は、お咲と同い歳で親しかったという、町内の小間物屋の娘お永《えい》から話を聞いた。

「お咲ちゃんが、平助さんと所帯を持ちたいと思っていたのは確かです」

「親が反対したわけだな」

「いろいろ事情があるようで」

お永は、息を呑んだ。

「ではお咲は、越中屋の跡取り富之助と祝言を挙げるつもりだったのだな」

「仕方がない、と話していました」

親類縁者にも、平助のことは話していない。親しかったお永にだけ漏らした心情だと察しられた。思いは胸に閉じ込めて、嫁ぐつもりだった。

けれども現実には、親には何も告げず自ら家を出た。攫われたわけではなかった。

「平助が誘ったのであろうか」

「そうかもしれません」

平助の方が、熱心だったわけか。もちろんお咲も、心が揺れていたのに違いない。

「もう少しで修業が終わって、一人前になる。そうしたら、所帯を持とうって話していたらしいんですけど」

「越中屋の話が出て、待てなくなったわけだな」

祝言は、一月後にまで迫ってしまった。

「今の腕だって、どこかへ行けば食べられるっていうことらしいけど」

その自信が、駆け落ちの背中を押したのか。ただそれだと、身代金の要求をしてきたのが腑に落ちない。

凜之助はさらに、庖丁鍛冶親方助蔵の弟子で、平助の修業仲間でもある見習いの職人たちからも話を聞いた。

「びっくりしました。これまでの修業が、台無しになるわけですから」

同い年の朋輩《ほうばい》は言った。お咲との仲は知っていたが、駆け落ちの気配などは、微塵も窺えなかったとか。

「越中屋の若旦那と縁談がまとまったと知ったときには、平助はそうとう落ち込んでいやしたね」

「本気で惚れていたわけだな」

これは確かめておかなくてはならない。

「そりゃあそうだと思いますよ。そうでなきゃあ、あと一、二年の辛抱はしたんじゃないですか」

「お咲を、他人の女房にしたくなかったわけか」

「そんなところでしょう」

「ただ一度は、あきらめたのではないか。お咲と越中屋との縁談は、進んだわけだからな」

「まあ」

「気持ちが変わる、何かがあったわけだな」

凜之助には分からないが、男女の仲は、何があるか分からない。

ただそうなると、互いの思いは濃いはずだ。逃げ出した家に、身代金を求めるというのは腑に落ちない。

「平助は、銭を持っていたか」

「修業を終えるまでは、まだ半人前ですからね。少しは貯めたんでしょうけど」

朋輩は首を横に振った。小遣いよりはいい程度だとか。持ち出したとしても、高が知れている。

「では平助は、すぐに稼げるのか」

それだけの腕があるかとの問いかけだ。

「腕は悪くはありやせんが、親方のところを勝手に逃げ出した駆け落ち者です。まともなところじゃあ、使わないでしょうね」

振り売りに卸すとか、安物の下請け程度だろうという話だ。それでも、当面は銭を得られない。逃亡の身の上だ。

「惚れた腫れたでは食えやせん」

同僚の口調には、妬《ねた》みと侮蔑が混ざっていた。

そうなるとしばらくは、お咲が持ち出した銭が頼りになるはずだった。とはいえ、お咲がどれほどの金子を持ち出せたか、その額は分からない。いくら大店の娘でも、そう多くは持ち出せないのではないか。

ここで凜之助は、職人以外で平助が親しくしていた者はいないか訊いた。職人や近所の者では、すでに岡っ引きの豊七が聞き込みをしていた。

「そういえば」

すぐには思い出せなかったが、しばらく考えてから朋輩は口を開いた。

「あいつは相模の漁村の貧乏な漁師の家の生まれなんですが、同じ村の出の者が、箱崎町にいると聞いたことがあります」

江戸へ出た時期がほぼ同じで、幼馴染だった。親しい付き合いをしていたという。

「名は何というのか」

「さあ」

「稼業は何か」

「ええと。そうそう、雇われ船頭だとか」

「そうか」

箱崎町には、船宿が何軒かあった。そこを当たる。すると二軒目で手応えがあった。

「西吉っていううちの船頭ですがね、一昨日の夕方に吉原《よしわら》へ客を送ってから、戻ってきていません」

船宿笹屋のおかみは、腹立たし気に言った。舟も戻されていないという。こんなことは、これまでなかったとか。

西吉は二十一歳で相模の漁村の出だそうな。平助と付き合っているかどうか、おかみは知らなかったが、朋輩の初老の船頭は知っていた。

「たまに二人で、飲んでいたようだが」

決めつけるわけにはいかないが、酉吉が駆け落ちに絡んでいると察しられた。舟があれば、実家のある堀江町から逃げるのには、都合がよいだろう。昼間では人目に付くし、深夜では町木戸が閉まっている。深夜の舟ならば人に出会うこともなくて、煩わしくない。

酉吉の暮らしぶりについて聞いた。

「あいつは酒好きだし、女郎屋へも通っているようで」

「博奕はどうか」

「どうでしょうねえ。多少はやったかもしれませんね」

朋輩は、否定をしなかった。ただ遊んでいる場所は知らないとか。

六

凜之助はさらに、朋輩の船頭から酉吉の遊び仲間を聞いた。平助は堅気の見習い職人だったが、酉吉は気性も荒く遊び好きだった。

「懐具合は、どうだったのか」

「悪くなかったと思いますよ」

船宿から受け取る給金だけでなく、運んだ旦那衆からも心付けを貰った。吉原へ遊びに行く旦那衆は、気前が良かった。

「それなりに、遊ぶ銭はあったんじゃあねえですか」

行徳河岸《ぎょうとくがし》の船宿の若い船頭が、酉吉の遊び仲間だった。足を運んで、その船頭から酉吉の暮らしぶりを聞いた。

「あいつ、銭に困っていたようで」

真っ先に訊いたのは、これだった。

「博奕だな」

独り者が、給金を受け取り心付けを貰いながら銭に困るというのは、これ以外には思いつかない。

「いや、それはどうだか」

博奕は御法度なので友達はとぼけたが、凜之助は十手にものを言わせて迫った。酉吉が賭場で、十五両の借金を拵えていたことを喋らせた。

「あっしは、関わっちゃいませんでしたがね」

「酉吉は、よほどつぎ込んでいたのか」

「大負けしたそうで」

二月中に借金十五両を返せなければ、腕一本を落とされる話だった。そうなればもう、船頭では生きられない。

「そうか」

平助とお咲の駆け落ちには、身代金の要求が絡んできた。路銀とは限らない。この身代金に、酉吉が絡んでくるのではないか。

凜之助の頭に浮かんだことだった。

となると平助やお咲はどうなるか。あれこれ考えるが、誰かと話をしてみたかった。話すことで、考えを整理できる。ただ誰でもいいわけにはいかない。

頭に浮かんだのは父松之助だった。

八丁堀の朝比奈屋敷へ、凜之助は向かった。すると木戸門の前で、屋敷から出てきた松之助と鉢合わせをした。

「これは」

出来上がった見事な鳥籠を手にしている。高く売れそうだった。

「小鳥屋へ持ってゆくのですね」

「まあな」

満足そうに、松之助は鳥籠に目をやった。出来上がった品を引き取ってくれる店は決まっているらしい。

「では、ご一緒を」

その方が都合がいい。歩きながら、凜之助はこれまでの事件の詳細と、今日聞き込んだ内容を伝えた。

「そこから、どういう状況が思いつくか、挙げてみよ」

話を聞き終えた松之助に言われた。

「はい。まずは平助と酉吉が組んでいる場合ですが」

「うむ」

「酉吉は十五両がなくてはならないわけですから、お咲を使って川浦屋から金子を出させようとするでしょう」

「その話に、平助は乗るのか」

「平助もこれからを考えれば、金子は欲しいことでしょう」

それでは覚悟がないと感じるが、人の心は分からない。一応言ってみた。

「好いた娘の親を騙すのか。娘を奪った上でだぞ」

平助は、そこまでの男かと問いかけていた。すぐには言葉が出なかったが、頭に浮かんだことは口にした。

「そこまでの者とは思えませぬが、西吉から唆《そそのか》されたかもしれませぬ」

「お咲はどうか。そんな平助に、愛想をつかすのではないか」

「もし西吉が関わっていなかったら、二人で企むかもしれません」

「お咲は、親を裏切った上に騙して、金を奪う娘か」

厳しい言い方だ。しかし探索をする身としては、あらゆる場合を考えなくてはいけないのだと受け取った。

「分かりません。ただ追い詰められた者は、思いがけないことをいたします」

「それはそうだな」

そこまで言ってから立ち止まった。少し考えてから、松之助は言った。

「追い詰められた者は、わずかな金子でも惜しい。西吉は親切ごかしで駆け落ちの手伝いをしたとしても、最低でも十五両は欲しい者だ」

「そうですね」

「仲間に加えるか」

平助とお咲だけで一芝居打てばいいと、言っていた。ただ金子が欲しいだけならば、平助は西吉を仲間に加える必要はない。一人でやればいいことだ。

松之助の問いかけに、返答ができなかった。行き先が分かれる十字路に出た。ここで凜之助は、松之助とは別れた。

家では母や祖母に押されて顔色ないが、要点を得た話ができたことで整理ができた。

「他に、何か考えられることはないか」

歩きながら呟いた凜之助は、さらに考えた。そしてもう一つ、思い当たった。

「平助とお咲を逃がした後、事情を踏まえた酉吉が、勝手に川浦屋へ仕掛けるという手はあるぞ」

酉吉が、悪党仲間を誘うこともありそうだ。

それから凜之助は、川浦屋へ行った。まだ投げ文はなかった。若旦那ふうの羽織姿の男が、案じ顔で来ていた。

庄太郎がしきりに頭を下げながら、何か話していた。

店の手代に訊いて、それが越中屋の富之助だと分かった。お咲と祝言を挙げる相手だ。

富之助は、凜之助に頭を下げた上で言った。

「お咲さんの身が案じられます」

庄左衛門は投げ文だけ見せ、駆け落ちには触れず、攫われたとして越中屋へ知らせたらしかった。知らせないわけにはいかないが、駆け落ちとするよりも攫われたとする方が、川浦屋には都合がいいだろう。

一月後に祝言を迎える富之助としては、ここへ尋ねて来るのは当然の動きだと思われた。とはいえ、祝言相手が攫われたにしては、切迫した様子がなかった。

凜之助は見張っている豊七に、箱崎町界隈で酉吉が親しくしていた者で、姿を消している者がいないか探るように命じた。豊七は手先を走らせた。

「お咲さんが無事であることを祈ります」

富之助は何度もそう言い、店先に目をやった。けれども暮れ六つの鐘が鳴って外が暗くなると、落ち着かない様子になった。

用事でもあるらしい。

「何かあったらお伝えしますので、今日のところはこれで」

気を利かせた庄左衛門が、引き取ることを勧めた。

「そうですね」

渡りに舟といった様子で、富之助は引き上げていった。お咲が攫われたことが、どこか他人事《ひとごと》のように、凜之助は感じた。

その少し後、豊七の手先が箱崎町から戻ってきた。

「酉吉が親しくしていた者で、姿を消している者はいません」

と伝えてきた。犯行があった夜、および翌日の川口橋呼び出しの折に姿を消してい
た者もいなかった。

町木戸の閉まる四つの鐘が鳴るまで、川浦屋には何も起こらなかった。

「お咲は無事でしょうか」

庄左衛門とお品夫婦が怖れていた。親としては当然だろう。投げ文しやすいように、
一つだけ開けていた店の戸を閉めた。

凛之助は、それで引き上げた。

七

同心詰所で凛之助と話をした後、忍谷は昨日に引き続き芝口一丁目へ足を向けた。
忍谷も、飯嶋から冷ややかな対応をされた。
松之助を同心として立派だと思う気持ちは強い。ただ奉行や年番方与力といった大
きな力に押されて、隠居せざるを得なくなったことへの、町奉行所への腹立ちと虚し
さは大きかった。

「いつかあいつの尻尾を、摑んでやる」

という気持ちは、人には漏らさなかったがずっとあった。

この日は昼前に、伊兵衛の葬儀が行われた。読経の声が響く中、通夜同様に大勢の人が集まった。

忍谷は葬列の最後について、不審な者が現れないか見張った。

「さしもの大店も、九十一両やられたら、商いに響くんじゃあないかい」

「跡取りも、まだ十五歳だからねえ」

そんな言葉を、参列者から聞いた。女房と番頭が店を支えて行くことになる。修業に出ていた跡取りは、店に戻るらしい。

ここでも目を凝らしたが、不審な者は現れなかった。ただ参列者の中に、増本屋に出入りする植木屋と畳屋の親方がいた。知り合いらしく何か話していた。そこで忍谷は声をかけた。

「とんでもないことでございます」

「恐ろしい話で」

植木屋も畳屋も、神妙な口調で応じた。

昨日は増本屋や主人伊兵衛を恨む者という線で調べをしたが、盗賊に繋がる手掛かりは得られなかった。そこでこれからは、これまで増本屋に関わった者で事件に連なりそうな者を捜そうと考えていた。

増本屋には、母屋の裏手に狭いが手入れの行き届いた庭がある。植木屋は春秋の年二回、弟子を伴って手入れに入っていた。

先代からの出入りをしていた。庭だけでなく、建物についても状況が分かっていると推察できた。

「弟子の中で、押し込みのあった日の夕刻以降、外に出ていた者はいないか」

疑う口調になるが、それは仕方がなかった。植木の親方は、首を傾げた。

「そういえば二人いました」

植木職の親方は慎重に言った。また二年前に礼奉公を済ませて独り立ちした職人もいた。その者たちは、増本屋の敷地の中へ入っている。

畳屋は、年に一度やって来て畳表を替えていた。十年以上も前からの出入りだという。

「押し込みの当日は、職人ら全員が家にいました」

ただ二年前に喧嘩沙汰を起こして相手を傷つけ、辞めさせた桑造《くわぞう》という当時三十二歳の職人がいた。今どこにいるかは不明だとか。

葬儀後、忍谷は植木の職人のところへ行って、当日の暮れ六つ以降、何をしていたか尋ねた。

「へい。近くの居酒屋で飲んでいました」

二人の職人は、殺しに関わる問いかけだからか怯えた口調で言った。店の名と場所を聞き、出向いた。

「ええ、来ていましたよ。一刻ほどいて、だいぶ酔ってお帰りになりました」

居酒屋の女房は言った。まだ間がないから、よく覚えていた。

独り立ちした植木職人の住まいも訪ねたが、家で過ごしていた。近所の者も顔を見ていて、犯行に加わることはできなかった。

そして畳職を辞めさせられた、桑造の知り合いを当たった。知っている者を辿ってゆくと、身を持ち崩した桑造は悪党仲間に入っていた。

「あいつ、やくざ者と歩いているのを見ましたぜ」

これかと思われたが、半年前に地回りの喧嘩で命を落としていることが分かった。

「他に、出入りをした者はいないか」

忍谷は、葬儀を済ませて戻ってきた増本屋の女房お梅と番頭に訊いた。二人とも憔悴している様子だったが、必死で考えた。

「そういえば、半年前に、家屋の修繕をいたしました」

お梅が思い出した。二日で済んだ仕事だったが、五、六人の職人がやってきて、各所の修繕をした。

「ならば建物の間取りや奉公人の人数なども分かるな」

「まあ」

仕事に当たったのは、芝三島町《みしまちよう》の大工棟梁《とうりよう》竹次郎《たけじろう》とその配下の職人だった。

すでに暮れ六つ近い刻限だったので、親方らは仕事場から戻ってきていた。棟梁から話を聞くが、加わった配下の職人は、犯行当夜は通いの者も住み込みの者も、全員親方の家にいた。裏も取れた。

「ただ増本屋さんの修繕のときは、手伝い仕事の日雇いを二人使いやした」

急ぎの仕事だったので、増やしたのだとか。

「ほう。誰か」

名を聞いて、早速住まいを当たる。どちらも芝界隈に住んでいて、忙しいときに使っていた。

「腕も確かでした」

二人の内の一人は、すぐに話を聞けた。一昨日夜、見かけた者がいた。

そしてもう一人は、志満造《しまぞう》という五十六歳になる職人だった。

「どういう素性の者か」

「昔のことは何も話さなかったですが、下仕事ならばきちんとできたので使いました」

粗暴な言動は、まったくなかった。

新銭座町《しんせんざちよう》の裏長屋に住んでいて、女房や子供はいない。一年半くらい前に越してきて、一人暮らしをしていた。

長屋で尋ねるも、犯行のあった日の昼過ぎから、顔を見た者はいなかった。忍谷は、部屋の中を覗いた。

「何もないな」

きれいに片付いていて、夜具の他ほとんど何もなかった。大工道具を持っているはずだが、それも置いてなかった。

行く先を知る者はいなかった。

「暮らしぶりはどうか」

長屋の女房たちに問いかけた。

「頼まれたときだけ、行くって言っていたけど」

「十日で、三、四日くらいかねえ」

口数は少ないが、声をかければ話はした。

「でも、お足に困っている様子はなかった」

「そうだったね」

志満造の昔を知る者はいない。ただごくたまに浪人者や、破落戸ふうが訪ねて来ることはあったとか。

長屋の大家にも会って、請け人は誰かと聞いた。裏長屋でも、請け人がいなければ借りることはできない。

「あそこは、又貸しでしてね」

店賃《たなちん》は払うので、問題にはしなかった。そういうことは、珍しいわけではなかった。通常大家は、店賃がきちんと入れば、それでよしとする。借主は宇田川町《うだがわちょう》の豆腐屋の隠居だった。

早速訪ねて請け人になった顚末《てんまつ》を聞いた。

「近くの煮売り酒屋で何度か会って、話をしました。気さくな人でした。そこで頼まれたんですよ」

店賃の二割に当たる銭を、毎月受け取るという話だった。

「小遣い稼ぎにしたのだな」

「はい」

隠居は具合悪そうに頭をかいた。志満造について、詳しいことは知らない。

「志満造は怪しいぞ」

どう繫がるかは分からないが、初めてそれらしい者にぶつかった。

第二章　西本願寺前

一

朝、目覚めた凜之助が井戸端で洗面をしていると、祖母朋が傍に来て、手拭いを出してくれた。

「おそれいります」

受け取って顔を拭くが、「何かあるぞ」と気を引き締めた。朝比奈家の女の親切には裏があるから、気を付けなくてはいけない。

「文ゑどのには、困ったものです」

始まったと思うが、黙って聞く。遮ったり無視したりしてはいけない。それをすると後が面倒だ。

返事の仕方も、気をつけなくてはいけない。

一家に、二羽の牝鶏《めんどり》は住めないということは、物心ついたときから感じていた。どちらともつかず離れずが、朝比奈家での男の過ごし方だと身についた。

黙っていると、朋は続けた。

「尾花屋《おばなや》の法事についてですがね。あの人はまた、見栄を張ろうとしています」

尾花屋というのは、母方の縁戚で京橋の太物屋《ふともの》である。叔父に当たる人物の三回忌に呼ばれていたが、その香典の額で揉めたらしかった。

朋は、朝比奈家として包む額が、気に入らないのだ。

朝比奈家は、先代が長患いをして一時金子に困った時期があった。そのとき文ゑは、持参金付きで商家から嫁いできた。京橋の繰綿《くりわた》問屋児玉屋《こだまや》の末娘である。

朋はその祝言を気に入らなかったが、反対はしなかった。内証が苦しいのは、誰よりも分かっていた。

文ゑは傲慢な者ではなかったが、豊かな商人の家に育ったから万事が派手で、朋には軽く見えるらしい。武家育ちの朋は、それが気に入らない。

「それにあの人は、自分の親族にだけ奮発する」

実際は分からないが、朋はそう感じるようだ。

「なるほど」

意見めいたことを、凜之助は口にしない。話が終わるのを、じっと待つ。朋は腹にあることを口にすると、いく分すっきりするらしく母屋へ戻った。

朝餉《あさげ》の膳につくと、今度は給仕をする母文ゑが前に座って言った。

「あの方には困ったものです」

朋の話だと分かる。

「はあ」

凜之助は、食べながら話を聞く覚悟を決めた。ゆっくり味わう気分にはならない。朋と同じくらいの刻を過ごさなくてはならないが仕方がなかった。

町奉行所へ出なくてはならないので、長くなるようならば、それを言い訳に屋敷を出ることにする。

「まったく吝《しわ》くて、どうにもなりません」

文ゑはため息を吐いた。香典の額についての話だ。

「朝比奈家から出すとはいっても、私の裁縫の束脩《そくしゅう》や月々の謝儀から出しまする。文句はありますまい」

己の腹が痛むわけでもないのに、いちいち口出しをされるのが気に入らないのだ。

結局母は、思った通りにするだろう。

しばらく、朝比奈家は息苦しくなる。これは覚悟をしなくてはならない。

松之助は、新しい鳥籠造りにかかっていた。竹を割って、見事な竹ひごを削っている。無造作な手の動きだが、竹ひごの太さにむらはまったくなかった。

女二人の悶着には関わらない。二人もあきらめているから、松之助を頼りにはしなかった。

やっとの思いで、屋敷を出た。

「凜之助さま」

少し歩いたところで、声をかけられた。裁縫を習いに来ているお麓だった。昨日のように偶然に会ったのではなく、出てくるのを待っていた様子だ。

お麓は朝比奈家の内情が分かっているから、稽古には来ていても、凜之助には挨拶しかしない。しかし探索で手伝いをしてもらったことはあった。

「南飯田町の河岸の付火については、進展があったのでしょうか」

凜之助が探索をしていることを知っているからか、気になっていたらしい。

「いや、まだ手掛かりらしいものはない」

「たいへんですね」

歩きながら話した。

「日本橋堀江町は、凜之助さまの町廻り区域ですね」

「そうだが」

「では、増本屋さんの娘さんの行方が知れなくなっているのは、ご存じですね」

話してはいなかったので、凜之助は少し驚いた。この辺りでは駆け落ちの件は知られていない。凜之助が担当だと知ってのことだ。

この話をするために待っていたのだと分かった。

「お咲さんですけど、駆け落ちする日の昼間、うちに来たんです」

「質入れに来たということだな」

「はい」

「そなたとお咲は、存じよりか」

「いいえ。質入れの客として、見えたのです。初めてでした。お持ちになった品は簪と庖丁一本ずつです。合わせて五両ちょっとでした」

応対したのは父親の清七《せいしち》だが、お麓はそのとき店にいた二人のやり取りを傍で見ていたのである。思いつめた表情だったので、覚えていた。

「簪と庖丁というのは、妙な取り合わせだな」

「どちらも、女子《おなご》が使います」

「なるほど。それはそうだ」

ただ庖丁は新品だった。

「それを質に入れるというのは、お金がよっぽど入用だったのだと思いました」

簪は高価な品だったが、身なりからして盗品だとは感じなかった。質屋は盗品でなければ、売り手の事情には関わらない。

三河屋は質として引き取って、住まいと名を帳面に書いてもらった。これで一定期間内ならば、買い戻せる。

「あれからどうなったか、気になったんです」

それで川浦屋まで、様子を見に行ったのだ。堀江町界隈では、駆け落ちしたこと、また身代金を要求されていることは住人の間に漏れていた。

庄左衛門は隠しているが、人の口に戸は立てられない。越中屋に知られるのは、時間の問題だろう。

「やっぱり、という気持ちでした」

お咲の動きとして、凜之助に伝えてきたのである。

「ありがたいぞ。路銀を得るために、手を打っていたわけだな」

思いつきではなく、それなりの支度をしていたことになる。

「いくら好いた相手とはいえ、大店の娘が親と家を捨てて出るのは、よほどの覚悟であろうな」

凜之助は心にあることを口にした。話には聞くが、お役目として実際に遭遇するのは初めてだ。

「それはそうだと思います。先がどうなるか、分かりませんから」

「躊躇《ためら》いは、なかったのであろうか」

「あったと思います」

自信あり気だった。

「なぜそう思うのか」

「こちらが示した帳面に、名を書きました。戻る気がないならば、書かないでしょう」

品を売るつもりならば、書かなくてもよかった。できるだけ高値で売って、それで終わりだ。

書いたというところに、お咲の心の揺れがあるとお麓は告げていた。

「なるほど」

凜之助は初めて、駆け落ちしたお咲の心情について思いを馳せた。

「そなたなら、お咲のように家を出られるか」

人をそこまで思うという気持ちが分からない。

「そうですね」

お麓は、少し考えてから答えた。じっと見つめられて、凜之助はどきりとした。

「それくらいの思いならば、おとっつあんを動かします」

「動かすことができなければ」

「何度でも話します」

お麓らしいと思った。

二

忍谷は、芝三島町の棟梁竹次郎の仕事場を訪ねた。志満造について、尋ねたのである。

「一年ちょっと前くらいに、向こうから使ってくれと言って来たんでさ」

鉋《かんな》をかけさせ、鋸《のこぎり》や鑿《のみ》を使わせた。歳は食っていたが、なかなかの腕だった。住まいを聞いておいて、忙しいときに使った。

「どこで修業をしたか、訊かなかったのか」

「訊きましたが、勘弁してくれと頭を下げられやした」

「事情があったわけだな」

「ええ。話した限りでは極悪人には感じなかったんで、使うことにしやした」

予想通り、きちんとした仕事をした。手を抜くことはなかった。

職人たちにも問いかけた。

「てめえのことは、ほとんど言わなかったですね」

「房州《ぼうしゅう》の水呑の家の子だということと、女房と娘がいたが、逃げられたとか言っていたような気がしやすが」

一緒に呑んだときに、それだけ話したのだとか。

「なぜ逃げられたのか」

「酒とか女とか、そういうことじゃねえですかね。昔は浴びるように飲んだようですが」

酒を飲むのは好きらしいが、今はそれほど飲むわけではない。二度ほど飲んで、奢《おご》られたとか。

「他に親しくしていた者は」

「さあ」

誰も知らなかったが、芝金杉同朋町《かなすぎどうぼうちょう》の棟梁亀七《かめしち》のところにも出入りしていたと分かった。

早速、亀七にも会った。最初に会ったときの様子から訊いた。

竹次郎のときと同じように、志満造が声掛けをしてきたそうな。腕は悪くないと分かったので、忙しいときに使った。

職人にも訊いたが、竹次郎のところとほぼ同じような返答だった。ここでも職人たちと酒を飲んだことがあった。

「女房には、手を上げて逃げられたとか言っていました」

「若い頃は、勝手をしたわけだな」

「娘は生きていれば、二十代半ばになる歳だとか」

それ以上は分からない。問いかけても、話さなかった。

飲んだ店を聞くと、竹次郎配下の職人たちと行った居酒屋と同じ店だった。南新網《みなみしんあみ》町《ちょう》のとんぼという居酒屋だった。

忍谷は、すぐにとんぼへ行ってそこのおかみに問いかけた。店の腰高障子《こしだかしょうじ》には、二匹の空飛ぶとんぼの絵が描いてあった。人足や振り売りを相手にする安い店ではなく、お店者《たなもの》や一人前の職人が飲むような店だった。

「ええ。志満造さんならば、月に何度か見えましたね」

おかみは覚えていた。一人で飲んでいくことがほとんどで、職人が一緒というのは少なかった。

「たくさんは飲まなかったですね。お腹の具合がよくないこともありました」

誰かと話をするわけでもなかった。居酒屋の雰囲気が好きだったらしい。

「職人以外と来たことはなかったか」

「どうでしょう」

おかみは首を捻った。

「大工とは限らない。浪人者もあったかもしれない」

「そういえば、振り売りをしている人と来たことがありましたっけ」

思い出したらしかった。一月くらい前だそうな。浪人ではない。

「振り売りとは、何を商っていたのか」

ぜひとも知りたいところだ。

「ええと、あれは」

店の女中にも訊いて思い出した。

「下駄の歯入れ屋ですね」

ものを大事にする江戸の庶民は、下駄の歯が擦り切れたからといって新しいものは買わない。鼻緒と同様、歯を入れ替えて使った。

「足元に道具が置いてあって、分かりました」

女中が言った。

「その下駄の歯入れ屋の名は」

「さあ、それは」

このへんで商いする者ではなかった。店の者は、誰も分からなかった。

それから忍谷は、新銭座町の長屋へも足を向けた。やはり志満造は、部屋へ戻っていなかった。

忍谷はそこで、居合わせた女房たちに問いかけた。

「下駄の歯入れ屋が訪ねて来たことはないか」

「そういえば、ありました」

すぐに返答があった。

「五、六日前だったと思うけど」

見かけない顔の者だったが、声を上げると志満造は下駄の歯入れを頼んだそうな。

「親しそうじゃあなかったけど、何か話していたっけ」

仕事の間話をするのは、おかしなことではない。ただ下駄の歯入れは、わざわざ志満造を訪ねて来たのではないかと忍谷は考えた。増本屋押し込みの直前だ。すると女房の一人が言った。

「あの人はこの辺りじゃあ見かけないけど、築地の本願寺《ほんがんじ》さんの門前では仕事をしていたよ」

その女房と亭主は、西《にし》本願寺へお詣《まい》りをよくするらしい。そこで亭主は、門前で下駄の歯入れをしてもらったのだとか。

忍谷は西本願寺の山門前に足を向けた。多くの参拝客がいて、門前には種々の露店が並んでいた。大勢の参拝客がいる。読経の声が聞こえた。

念入りに見たが、下駄の歯入れを商いにしている者の姿はなかった。それで露店の者に尋ねた。

「ああ、いますよ。でもこの数日は、顔を見ませんね」

と庖丁研ぎの爺さんから返された。二十代半ばの者で、名は茂助《もすけ》だそうな。露店主は茂助の名を知ってはいても住まいを知る者はいなかった。

「鉄砲洲あたりとは、話していた気がするが」

そこで、この辺りを縄張りにする地回りの子分に訊いた。顔見知りの者だ。門前で商いをするならば、場所代を払っているはずだった。

「ああ、茂助ですね。一年くらい前から、ここで商いをしていますぜ」

住まいは鉄砲洲本湊町《ほんみなとちょう》の裏長屋だそうな。そこで本湊町の裏長屋へ行った。掃除も行き届いていて、花も植えられていた。裏長屋とはいっても、貧し気なものではなかった。

「ああ。あの人ならば、いませんよ」

やはり茂助は、押し込みのあった日の朝から、姿を消していた。部屋を覗くと、道具はすべて置きっぱなしになっていた。夜具が部屋の隅に押し付けられている。転がっていた徳利には、少しばかり酒が入っていた。

大家に訊くと、長屋は又借りをしていた。志満造と同じだった。断定はできないが、二人目の押し込みの仲間だと考えられた。

新銭座町の長屋の女房と本湊町の住人から体つきや顔つきを聞いた。耳にした限りでは、志満造を訪ねた下駄の歯入れ屋と同じ人物だと考えられた。

三

さらに忍谷は、長屋の者から茂助について聞いた。女房達は物見高い。話をしていると、向こうから出てきた。

「越してきたのは二月前くらいからだね」

「愛想は悪くなかったけど、自分のことは何も言わなかったっけ」

「常州《じょうしゅう》の出だとか言ってたけど、あれは無宿者じゃないかね」

親族は江戸にはいないらしい。そういう気配は、一切なかった。

「でもさあ、銭に困っている様子はなかったよ」

下駄の歯入れをしてもらった者もいた。

「暮らしぶりはどうだったのか」

「酒は飲んでいたし、朝帰りもありましたね」

遊んではいたようだ。二十代半ばの独り者ならば、当然かもしれない。どこで遊んでいたかを知る者はいなかった。

「下駄の歯入れで、あんなに遊べるのかと思ったよ」

妥当な疑問だった。

「界隈で親しくしていた者はいるか」

「さあ、いないんじゃないかねえ」

居合わせた者は頷いた。

「では、訪ねて来た者はいなかったか」

「五十代半ばくらいの歳の職人ふうが来たことがあったっけ」

これは志満造だと思われた。親しそうに見えたと付け足した。

「そういえば、浪人者が来たことがあったじゃないか」

「ああ、なんか陰気臭いお侍だったね」

「ああいうのが、けっこういやらしいんだよ」

女房達は、げらげらと笑った。とはいえ浪人の名や何のために訪ねてきたか、知る者はいなかった。

「この界隈で、茂助と親しくしていた者はいないか」

女房達は顔を見合わせた。一人が声を上げた。一同が顔を向ける。

「いたじゃないか、ほら」

「ああ、艾《もぐさ》の振り売りだね」

複数の者が応じた。この界隈へよく売りに来たが、住まいはこの近辺ではなかった。

「金助《きんすけ》とかいってたね」

賭場で一緒にいるのを見たという女房の亭主がいた。

そこで艾売りの金助を捜した。忍谷は訊き回って、南八丁堀の裏長屋に住む者だと分かった。

町を振り売りで歩いていた金助を捜して、問い質した。

「茂助ならば、知っていやすよ。でも一緒に博奕なんて」

始めはとぼけたが、脅して土地の地回りの賭場へ行っていたことを認めさせた。

「そこで知り合ったわけだな」

「へえ」

二人で何度か行ったとか。儲かったことも、損をしたこともあった。親しくしている者の話は、したことがなかった。

「賭場で、誰かと会わなかったか」

「そういえば、浪人者と親し気に話をしていました」

三十代後半の歳で、外見は長屋へ訪ねて来た者と重なった。

「ちょっと怖かった。誰かって聞いたんですがね、あいつ言いませんでした」

「話している中で、何か聞かなかったか」

「壺が振られたら、人の話なんて聞いちゃあいませんよ」

「それはそうだが、休みのときもあったであろう」

「そういえば、深川とかとのしろ屋とか」

これ以外は、博奕に関する話だった。ただ「深川」と「とのしろ屋」は大きい。

忍谷は、深川に足を向けた。

「しかし深川は広いからな」

ため息が出た。しかもとのしろ屋が、何を商う店かも分からない。ともあれ当たってみるしかなかった。深川で一番繁華な馬場《ばば》通りに出て、問いかけをした。

一の鳥居の下あたりから富岡八幡宮《とみおかはちまんぐう》のあたりまで、露店が並んで老若の人が行き来をしている。

「聞きませんねえ。どこの町ですか」

唐辛子屋の親仁《おやじ》に問われて、答えられない。深川には、たくさんの屋号の店がある。

それでも訊いてゆく。十人以上聞いたが、誰も知らない。通りかかった人足に訊いて、ようやく反応があった。

「そういえば、聞いたことがあります」

その人足は関わりがないが、深川北川町《きたがわちょう》に殿城屋《とのしろや》という口入屋《くちいれや》があるそうな。油堀《あぶらぼり》や仙台堀《せんだいぼり》の荷船のための人足の手配をした。

早速北川町へ行って殿城屋を確認した。近所で訊くと、岡下欽十郎《おかしたきんじゆうろう》という用心棒がいると分かった。

「ただこの数日は、顔を見ませんが」

ということだったので、敷居を跨いで殿城屋の主人と会った。

「はい。岡下様には、お世話になっております」

と用心棒であることを、すぐに認めた。ただこの四日は姿を見せないとか。

「何も言わずにいなくなって、それきりです」

不満そうに言った。母屋に一室を与えて、そこで過ごさせていた。

忍谷の腹の奥が熱くなった。岡下こそが、増本屋伊兵衛を斬殺した押し込みだと考えたからだ。

「どのような者か」

「生まれとかは分かりませんが、親の代からの浪人だと聞きました」

「雇った経緯は」

「出入りの人足が、悶着を起こしまして」

仕事の割り振りで、労の割に手間賃の低い仕事に当たった者が不平を言った。割のいい仕事に当たった者もいたから、腹に据えかねたのだ。無宿者を含めた、乱暴で命知らずの者たちだ。

「ふざけるな」

棍棒を持った十人ほどが、殿城屋へ襲寄《おしよ》せた。匕首を握った者もいた。

「たまたま通りかかった岡下様が、あっという間に片づけてしまいました。刀も抜かずにです」

大いに助かった。岡下がいなければ、どうなったか分からない。

「それで雇ったわけだな」

「そうです」

不逞浪人や破落戸には手を焼いていた。二か月ほど前のことだとか。

「岡下は、それまでは何をしていたのか」

「南本所石原町《みなみほんじよいしわらちよう》で、倉庫の番人をしていたとのことでした」

二割増しの用心棒代で、引き抜いた。

「怖いくらい、荒《すさ》んだ気配がありましたね」

だから荒くれ者の人足たちにも、睨みが利いた。

親の代からの浪人ならば、仕官など望めない。これまでも、人を傷つけて生きてきたのだと察しられた。

ならば歯向かった伊兵衛を斬殺するなど、わけもなかったに違いない。

四

お麓と別れた凜之助は、町廻りを済ませてから箱崎町の船宿笹屋へ足を向けた。お麓と話ができて、どこかほっとした気持ちになった。

屋敷での朋と文ゑの悶着は、同居をする者としては気が重い。女子というのは、いくつになってもなかなかに手がかかる。しかしお麓が、お咲の心情を伝える話をしてくれたのは、ありがたかった。

簪と庖丁の質入れの話を聞けたことも、参考になった。

笹屋の船頭の酉吉が、舟で駆け落ちの手助けをしたのは間違いない。酉吉には博奕場への出入りがあって、十五両の借金があることは分かっている。しかし他のことは、まだ何も調べきれていなかった。

「お咲と平助がまだ江戸にいるならば、酉吉は動きを共にしているだろう」

と考えた。二人をどこかに匿《かくま》っているはずだ。日々舟を漕いでいれば、使われない河岸場の小屋などいくつも知っているのではないか。

西吉を調べる中で、二人の行方に辿り着けるかもしれないという判断だった。働いていた船宿笹屋のおかみや朋輩の初老の船頭から、改めて西吉について訊いた。

「あれは相模の貧しい漁師の家の子で、口減らしのために江戸へ出された。親や兄弟はいたはずですが、付き合っちゃあいませんでしたね」

江戸に縁者はいない。

「博奕仲間以外に親しくしていた者は」

「はて」

おかみには分からない。仕事さえしていれば、暮らしぶりに関心はなかった様子だ。

「庖丁鍛冶の見習いと、付き合っていたようだが」

老船頭は言ったが、それは平助だった。

「いいところの娘と、二人で歩いているのも見たぞ」

これは、お咲らしかった。お咲ならば、平助との仲を知っている。どこかでばったり会えば、話くらいはしただろう。

凜之助は次に、西吉の博奕仲間である行徳河岸の船宿の船頭を訪ねた。こちらの方が船宿の数は多かった。吉原へ客を運ぶ。

　船頭は酉吉との仲を認めた。嫌な顔をしたが、かまわず問いかけた。

「酉吉は数人の仲間と、どこかに潜んでいる。その場所に見当がつかないか」

「さあ、あっしには何とも」

「では、知っていそうな者はいないか」

「賭場の知り合いならば、何か知っているかもしれねえが」

「地回りの子分だな」

「いえ。地回りの賭場ではなく、小博奕をする倉庫がありやす」

　酒樽を入れる小屋が、今は空だそうな。

「連れていけ」

「いやそれは」

　渋ったが、案内をさせた。

「今も博奕をしているのか」

「さあ」

　そのときによるそうな。

「あっしが教えたことには、しねえで下せえ」

そうなると、面倒なことになるようだ。何しろ博奕は御法度だ。

「もちろんだ」

凜之助にとって、小博奕などどうでもいい。

酒樽の倉庫は、霊岸島東湊町河岸《ひがしみなとちょうがし》だった。建物を確かめたところで、船頭を帰らせた。

凜之助が様子を探ると、倉庫の中に人の気配があった。入口に番小屋があって、そこに人がいた。

「やばいぞ」

まだ十五、六歳くらいの見張りがいて、中に声をかけた。同心が、賭場検めに来たとでも思ったらしかった。中には五、六人の者がいて、一斉に逃げ出した。ばたばたと、乱れた足音が響いた。

胴元などいない小博奕をしていたらしいが、他に人のいる気配はなかった。茣蓙《ござ》の上に、壺代わりの湯のみ茶碗と賽子《さいころ》二つが残っていた。

「くそっ」

見張りをしていた若い衆が、逆上したらしく抜いた匕首で向かってきた。切っ先が震えている。

凛之助は軽くいなしたが、匕首の扱いに慣れていないらしく、小僧は自分の腕をざっくりやってしまった。力だけは入っていたようだ。

「うわっ」

悲鳴を上げた。かなり深手だ。

「馬鹿め」

たとえ地回りの下っ端でも、命は大事だ。苛立ちながらもとりあえず止血をし、背負って歩き始めた。八丁堀の知り合いの医者の所へ運ぶつもりだった。

「た、助けてくれ。腕が千切れてしまいそうだ」

半泣きで痛みを訴えた。出血の多さにも怯えていた。意気地のないやつだった。

「しっかりしろ」

どやしつけた。しばらく歩いたところで、声をかけられた。

「凛之助さま」

女の声だ。誰かと思って振り向くと、網原三雪である。祖母の朋が、嫁にと薦めている娘だった。背負う姿を目にして、怪我の様子を察したらしかった。

「近くに蘭方医がいます。そちらへ運びましょう。すぐに手当てをしなければ、腕は使い物にならなくなります」

止血をしているが、血が滴り出てくる。それを見ての判断だと察した。八丁堀の医者は、もう少し歩かなくてはならない。

三雪は止血をやり直した。凜之助の止血では、不十分らしかった。なかなかてきぱきした動きだった。手慣れている。さすがに小石川養生所で手伝いをしているだけのことはあった。

若い蘭方医は、早速手当てを行った。

「もう少し処置が遅かったら、腕は使い物にならなくなっていましたぞ」

処置を済ませたところで、医者は言った。

「助かりました」

凜之助は、三雪に礼を言った。三雪は知り合いの家へ行って、たまたま通りかかったのだった。凜之助は、ここに至った事情を話した。

「駆け落ちでございますか」

「そうだ。にもかかわらず、身代金を求めてきた」

二人で倉庫を検めた。やはり小博奕の痕跡があるだけで、他に誰かがいた形跡は何もなかった。

「おかしな話ですね。駆け落ちをした平助なる者は、己を信じて家を出た娘を騙したのでしょうか」

「それは、ないとはいえない」

「気づいた娘は、それを受け入れますかね」

騒ぐなり、逃げだすなりするのではないかと言い足した。

「知らせずにやっているのかもしれぬ」

「許せませぬな」

怒りの表情になった。

「思いつめた娘を騙したとしたら、確かに卑怯な者だ」

「娘もいけませぬ。そういう男《おのこ》を、見抜けなかったことになります」

三雪は厳しい見方をした。

「そなたは、駆け落ちなどいたすか」

訊いてみた。お麓にも、同じことを尋ねていた。

「そのようなこと、考えてみたこともありませぬ」

怒ったような顔で返した。お麓の反応とは、だいぶ違った。

五

三雪と別れて凜之助が川浦屋へ行くと、店内は緊迫した様子だった。三度目の文が来ていた。

「ほんの少し前です」

豊七が、腹立たし気に言った。押し込みの一味による投げ文を警戒していたが、肩透かしを食った。文を届けてきたのは、前歯の欠けた六十過ぎの婆さんだった。界隈の者ではない。

蓬髪《ほうはつ》で汚い身なりをした、物貰いである。豊七は婆さんを帰らせず、店に留め置いていた。

すぐに凜之助が問いかけをした。

「ここへ届ければ、銭三十文を貰えると言われたから」

婆さんは臭い息を吐きながら、聞き取りにくい声で言った。凜之助は、庄左衛門から手渡された文に目を通した。

『今日暮れ六つ　永代橋《えいたいばし》東橋詰め下船着場　二百両を庄左衛門一人にて』

とあった。

「金額が、倍になっているな」

「お咲を、どう返すか書いてありません」

涙目になった庄左衛門は、顔を強張らせていた。二百両でも出すつもりらしいが、お咲の身を保証する文言がない。生きているかどうかさえ、分からなかった。それが不安で不審になっている様子だった。

「追加の百両、作れるのか」

今日の暮れ六つまでだ。いくら老舗でも、厳しいだろう。

「金子は、何とでもいたします」

庄左衛門は言ったが、凜之助にしてみれば、渡すつもりのない金だった。この機に捕らえる覚悟だ。

「やつらは舟で来るつもりだ」

「そうでしょうね」

「こちらも舟を用意しよう」

「やつらが娘を連れていなかったら、金子は渡しません」

庄左衛門は悔し気に言った。こちらから問いかけはできず、向こうの申し入れを聞くだけの状況だ。庄左衛門の言葉は強がりに聞こえるが、やり場のない怒りがあるのだろう。

文を持ってきた婆さんに訊いた。

「どこで頼まれた」

「しょ、昌平橋《しょうへいばし》の南橋袂だよ」

そこで物乞いをしているらしい。現れたのは、二十代前半くらいの職人ふうだったとか。それだけならば、平助か酉吉のどちらにも当てはまる。

「どのような顔つきか」

「四角張った顔だけど、そうでもないような。眉は、濃かったか薄かったか」

証言はあいまいで、何を聞いても特定ができなかった。

庄左衛門は金の用意をする。何とかするとは口にしたが、さらに百両を短い間に調《ととの》えるのは、老舗とはいえなかなかにたいへんそうだった。

倅の庄太郎や番頭と相談を始めた。

凜之助は豊七に、船の用意を命じた。そして箱崎町の初老の船頭と助蔵配下の庖丁職人の見習いを船に乗せることにした。凜之助と豊七は、酉吉と平助の顔を知らない。現れるときには顔に布を巻いているかもしれないが、確かめたかった。

夕刻までに、金ができた。庄左衛門は、疲れた顔で戻ってきた。

「どうやって返すのかと、どこでも訊かれました」

頼った親戚も商人だから、無下にはしない。しかしどう返済するかは、はっきりさせる。渡さずに済ませる見せ金だが、本物でなければしくじった場合にはお咲の命に関わるだろう。

「四軒から借りました」

庄左衛門は、額に浮いた脂汗を拭った。

永代橋の船着場近くに潜める追跡のための舟は、二艘用意した。一つには船頭の他に凜之助と船宿笹屋の船頭、庖丁鍛冶の見習い職人が乗り、もう一つには豊七とその手先が乗り込んだ。

「では行こう」

暮れ六つの鐘が鳴る前から、二百両を携えた庄左衛門が指定された船着場に立った。船着場はすでに闇に覆われて、手にした提灯の淡い明りが、庄左衛門の強張った顔を照らした。

二艘の船も、船着場からやや離れた場所に潜んだ。龕灯《がんどう》の用意もした。現れた賊を照らす。

「逃がしはしない」

凜之助は声に出して言った。

橋袂にも、人を配した。暮れ六つの鐘が鳴った。

「そろそろだぞ」

凜之助は上流にも川下にも目を凝らした。行き過ぎる舟は明かりを灯しているが、問題は闇に潜んでいていきなり現れる舟だった。近づいてくる艪の音にどきりとした。

そのまま四半刻ほどが過ぎた。

「現れませんね」

老船頭がため息を吐いた。そのときだ。闇の中から一艘の明かりのない船が現れ、船着場に滑り寄った。あっという間のことだった。

船頭の他に一人乗っていて、それが提灯を手にした庄左衛門に声をかけた。お咲らしい姿は船上にない。

庄左衛門は必死の面持ちで何か言っている。金はお咲と交換でなければ渡せないと告げているはずだ。

「よし。向かうぞ」

凛之助は声を上げた。龕灯に火を灯し、賊の舟を照らした。賊は船頭も庄左衛門に声をかけた者も、顔に布を巻いていた。

舟の姿は見えても、人物は確認できない。

「捕らえろ」

ともあれ近づいた。だが賊の動きも早かった。賊は庄左衛門の腕を摑んで、舟に引きずり込もうとした。金だけを奪うことはできないと察し、庄左衛門ごと奪う魂胆だと見えた。

「おのれ」

金ごと攫われては、庄左衛門の命がない。

「やっ」

凛之助は賊に向けて小柄《こづか》を投げた。小柄は賊の肩を擦って闇に消えた。しかしそれで、賊の手が庄左衛門から離れた。

するとほぼ同時に、賊の舟は船着場から離れた。闇に向かって、突き進んで行く。

「追えっ」

離れた賊の舟に、こちらの二艘が続く。艪が軋み音を立てた。

船頭は、なかなかの腕前だ。二艘の舟が追ったが、距離が縮まらない。闇の中に紛れ込まれてしまった。

「くそ」

折角の機会を、またしても失してしまった。握りしめた凜之助の拳が震えた。ただ

老船頭が言った。

「あの逃げた舟は、うちの舟ですぜ」

「間違いないか」

「龕灯が、船端の掠《かす》り傷を照らしました」

確信のある声だった。つい最近できたもので、見覚えがある形をしていたと言った。

「そうか」

だとするならば、酉吉がこの事件に関わっているのは推量ではなく、はっきりしたことになる。

現れた舟には、お咲らしい姿はなかった。無事なのか、どこにいるのか。胸の内に、きりりとした痛みが走った。

六

朝起きると、凜之助は屋敷の中の空気が冷え切っているのを感じた。寒いというのとは違う。穏やかで静かな春の朝だが、張り詰めたものがあった。

朋と文ゑの関係が、治まりのつかないものになったらしい。文ゑは縁者への香典を思い通りの額にして、朝比奈家として持って行った。話は聞いても、朋の言葉を事実上無視したことになる。

もともと不仲ではあったが、話さなくてはならない用事については、言葉を交わしていた。しかし今朝は、それもなくなっていた。

「今日は裁縫の稽古ですが、いつも聞こえるお喋りがはしたない。部屋には糸くずが落ちていました。まったくしつけがなっていない。しっかりと指導をするように。そうお伝えなさい」

朋は、女中の妙《たえ》に命じた。

「はあ」

妙は泣きそうな顔で応じた。

「書の稽古は静かなのは結構ですが、いつもお通夜のようで辛気臭い。通ってくる娘ごがかわいそう。どれほど息苦しいことか」

文ゑは庭で、朋に聞こえるように、下男の作造《さくぞう》に話す。どちらも辛らつだ。

伝えなくてはならない用事は、妙を通してでしかできなくなっていた。どちらにも味方ができない妙や作造は、おろおろしていた。

松之助は、知らぬ顔で鳥籠造りに集中している。女二人の関係修復をしようとする気配は微塵もなかった。なまじ口出しをすれば、火の粉どころか大きな火の玉が飛んでくると分かっているからだ。

「あの人は、まったく役に立たない人です」

と文ゑは冷ややかに言う。

「どうしてあんなに頼りない者になったのか」

朋は腹立たし気に口にした。

凜之助も愚痴は聞くが、意見は言わない。ただほとぼりが冷めるのを待つ。父に学ぶことは多い。早々に屋敷を出た凜之助は、改めて姿を消した船宿の船頭酉吉を洗い直すつもりだった。

忍谷は、増本屋を襲ったと見做《みな》している志満造、茂助、岡下を改めて洗うつもりでいた。

金を手にしたから、すでに江戸を出ているかもしれないが、もうひと稼ぎしようとしているかもしれなかった。

面倒ではあるが、三人を捕らえるか江戸を出たとはっきりさせるまでは手を引けない。与力の飯嶋に発破をかけられた。

「命じるだけで、てめえでは何もしない。しかも日頃の動きが気に入らない者は、しくじった場合の責めはひと際厳しいからな」

呟きになった。責任だけを押し付けてくる気に入らないやつだ。とはいえ殺害を伴う九十一両の強奪は、同心という立場上、そのままにはできなかった。

押し込んだ三人の中で、一番多く人と会っているのは、西本願寺門前で下駄の歯の入れ替えをしていた茂助だ。ここから当たる。

門前で露店を商っている者は、親しいとはいえなくても、茂助を知っている者が多かった。顔はほぼ毎日見たし、暇なときには世間話くらいはしただろう。茂助は気難しい者ではなかった。

昨日は岡下を割り出すことが中心で、茂助について深く探ることはしていなかった。常州無宿というくらいしか分からない。

茂助の長屋は鉄砲洲本湊町で、西本願寺へ通うには築地を通ることになる。行きつけの、酒を飲ませる店があったかもしれなかった。そこには飲み仲間もいたのではないか。

忍谷は、露店の親仁に問いかけてゆく。

「あいつは、どうでもいいようなことはよく喋ったけど、てめえのことは何も言わなかったね」

庖丁砥ぎをする爺さんとはよく話をしていたというので、声をかけた。前にも話を聞いた。

「隣で仕事をしていたときは話したが、どうでもいいようなことばかりで、何にも覚えちゃあいないね」

あっさりしたものだった。

「一緒に酒を飲んだことなどないのか」

「ないさ。ここで会うだけのやつだ」

「なるほど、他所《よそ》では見かけたこともないわけだな」

「いや、そういうわけじゃあねえが」

砥師の爺さんは、築地の南小田原町《みなみおだわらちょう》の長屋に住んでいると言った。本湊町から鉄砲洲方面へ歩いて来る茂助の姿を見ることは、度々あったそうな。

「あいつが来なくなる数日前だったが、夕方仕事を終えて南飯田町の河岸道であいつを見かけたっけ」

「西本願寺への通り道ではないな」

その程度のことは、受け持ちの区域でなくとも分かった。

「へえ。何をしているんだろうと思いやした」

そこには、酒を飲ませるような店もない。気にはなったが、問いかけるほどのことではなかった。どうでもいいことだろう。

船着場に近くて、漁具を置く小屋がある河岸場だったとか。

「場所を、詳しく話してみろ」

賊たちの、隠れ家になっているかもしれない。芝口一丁目で金を奪い、舟で逃げてとりあえず身を置くには都合がよさそうだ。当たっておく必要があった。

「この間、付火で燃えた小屋のあたりですよ」

「そうか」

そこの探索は、凜之助が当たっている。話には聞いていたが、関心はなかった。ともあれ、行ってみることにした。

焼け跡は、まだそのままになっていた。焦げたにおいが、微かに残っている。船着場に近くて、その先には春の日差しを受けた江戸の海が輝いていた。

凜之助はお咲と平助の探索でいっぱいで、焼死事件については手が回っていない模様だった。土地の岡っ引きが探っているとは聞いていたが、解決の手掛かりは摑めていない。分かっているのは、その程度である。

近くで漁師が、網の手入れをしていた。

「あの付火がある前に、下駄の歯入れ屋がこの辺りに来ていたというが、覚えていないか」

「下駄の歯入れねえ。そういえば誰かが、入れてもらったとか言っていたが」

それがだれかを思い出させた。近くの漁師の女房だ。住まいを聞いて、忍谷は訪ねた。

「ええ、入れ替えてもらいました。安くしてくれたんでね」

歳は二十代半ばくらい、気さくな男だった。

「そのとき、何か話をしなかったか」

「ええ、しましたよ。仕事をしている間」

「どのような話か」

「近頃この辺りでは、何が釣れるかとか」

「燃えた小屋について、何か言っていなかったか」

そのときは、まだ燃えていなかった。

「ええ。何か聞かれたっけ」

「どんなことだ」

「誰の持ち物かとか、いつ使うのかとか」

それで女房は、どきりとした顔になった。

「あの小屋に火をつけたのは、あいつなんでしょうか」

決めつけるわけにはいかないが、忍谷もこのとき考えたことだった。まったく関わりがないと思っていた案件が、にわかに関わってきた。

七

凜之助はまず堀江町の川浦屋へ行った。東堀留川では、今日も荷船が船着場に横付けされていた。荷下ろしをする人足たちの、掛け声が聞こえた。

昨夜庄左衛門は二百両を用意して永代橋下の船着場へ行ったが、現れた賊の舟には、お咲の姿はなかった。

「お咲は」

庄左衛門が尋ねると、金を検めてからだと告げられた。それでは渡せないというやり取りがあったところで、苛立った賊が庄左衛門ごと舟に乗せようとした。

そこで凜之助が小柄を投げたのである。

お咲を奪い返すことができなかった庄左衛門は、怒りと焦燥の中にいた。

「ああ。お咲は、平助と酉吉に殺されたのではないでしょうか」

不安と怖れの中で、疑っている。越中屋との縁談もあるが、お咲の命も胸を押しつけているらしかった。

「越中屋へは、なんと伝えたらよいのか」

跡取りの庄太郎は、こちらの方が気になるらしい。何度も呟いていると、朝から詰めている豊七が言った。

「兄妹仲は、どうだったのか」

「あまりよくなかったようです」

両親は、兄に甘かったというのが、近所の評だ。これは豊七の手先が聞いてきていた。

越中屋との縁談を、誰よりも推したのは庄太郎だそうな。庄左衛門とお品は、その気迫に押されたと告げる者もいた。お咲が駆け落ちに走った理由の一つが、そこにもあるのではないかと凛之助はふと考えた。

西吉を探るべく、川浦屋を出たところで娘が凛之助のもとへ駆け寄ってきた。

「お役人さま」

誰かと見ると、お咲と親しくしていたという小間物屋の娘お永だった。この娘からも、前にお咲について話を聞いた。

「お咲ちゃんは、その後どうなったのでしょうか」

噂とはいえ、身代金を求められていると聞いて、案じていたらしかった。凛之助が店の前を通るのを目にして、声をかけてきたのだ。思いつめた様子だった。

「まだ調べの途中だが」

お永からはいろいろ聞いた。さらに尋ねたいこともあった。興味本位で問いかけてきたのではないと分かるので、口外はするなとした上で、大まかなところだけ伝えた。

その上で、西吉の動きについて訊いた。

「西吉さんは、平助さんだけでなく、お咲さんとも親しくしていました」

平助から紹介されたのだと付け足した。

「何か、覚えている出来事があるか」

「あたしと四人で、西本願寺さんへお参りに行ったことがあります」

今年の藪入《やぶい》りのときだ。参拝の後、露店を冷やかして歩いた。葦簀《よしず》掛けの茶店で、四人は饅頭を食べたとか。

「平助さんとお咲ちゃんは、そこでもう何度も、お饅頭を食べたらしい。ちょっとやけましたよ」

「その方は、酉吉と親しかったのか」

「平助さんは、酉吉さんに引き合わせようとしたんだと思いますが、あたしはちょっと」

「なぜ」

「あたしには関心なかったようだし」

お咲に話しかける方が多かった。

「なるほど」

娘として、それは面白くなかっただろう。

「それにあの人、何だか怖いような気がして」

常ではなく、平助やお咲に向ける一瞬の眼差しに、鋭いものがあったということらしい。

「四人で出かけたのは、その一度だけだな」

「三人は、あるみたいですけど」

三人でいるときに、二人の駆け落ちを手伝う話になったのではないかと付け足した。

「でも、たいていは平助さんとお咲ちゃんの二人で会っていたと思います」

「そうであろうな。二人でも、西本願寺へ行ったのか」

「たぶん。堀江町からは少し離れているので、知り合いに会うことは少ないかと」

お永と別れた凛之助は、西本願寺へ足を向けた。平助らの痕跡が、何かあるかもしれない。

門前近くの河岸道に、葦簀掛けの茶店があるのに凛之助は気がついた。娘の言葉を思い出して、女中に問いかけをした。

「ええ、覚えています。大店の娘さんと、若い職人さんみたいな人ですね」

「よく覚えているな」

何度か来たが、覚えていたのは前の道で、ちょっとした出来事があったからだと女中は言った。

「何か」

「威勢のいいお兄さんに、お参りに来たお婆さんが突き飛ばされたんです」

乱暴な若い衆はそのまま行ってしまったが、婆さんは足を挫《くじ》いて立ち上がれなかった。

「饅頭を食べていた職人さんが、背負って家まで行ったんですよ。娘さんもついて行きました」

「婆さんの住まいが分かるか」

何か話を聞けるかもしれない。

「ええ。お茶を飲みに寄って、何度か話をしたことがあります」

「ああ」

築地南飯田町で、倅が長屋で大家をしているのだとか。凜之助はすぐに向かった。

聞いていた婆さんの家の前に行って、凜之助は声を漏らした。付火があって焼死体が発見された。その現場と至近の場所だった。

「ええ、助けていただきました」

婆さんや家の者に訊くと、二人は住まいこそ口にしなかったが、職人ふうは平助だと名乗ったとか。娘はお咲に違いない。

「何か、話をしたか」

「いえ、すぐに引き取りました」

だいぶがっかりした。それでは何の手掛かりにもならない。

「ただその後、あの二人は河岸道を歩いていました。あの先日焼けた小屋の前に立って、何か話していました」

先月も、下旬のことだという。

川浦屋を出て、一夜を明かすのには都合がよさそうだ。そんな話をしたのだろうか。

「おい」

ここで声をかけられた。誰かと振り返ると、忍谷が立っていたので驚いた。

第三章　石の見せ金

一

白い海鳥が数羽、空を飛んでいる。その鳴き声が聞こえた。

「なぜここにいる」

築地南飯田河岸の焼け跡に立っていた凜之助は、現れた忍谷に問われた。忍谷がここにいるのも不思議だったが、向こうも驚いた様子だった。

ともあれこれまでの聞き込みの結果を添えて事情を話した。

「そうか。駆け落ち者の二人は、この場を当たっていたわけか。ここで一夜を明かすつもりだったわけだな」

「そう考えられます」

「西吉なる船頭は、善意だけではなかったわけか」

凜之助が思ったのと同じことを、忍谷は口にした。それから忍谷がここにいるわけを聞いた。

「なるほど、茂助もここを探ったわけですね。増本屋を襲った後、いったんここへ入ったということはありそうですね」

そして凜之助は続けた。

「となると、同じ小屋ならば鉢合わせをしたことになります」

思いがけない成り行きだ。

漁具を置く小屋は、この河岸場内には、他にもある。ただ小さかったり古かったりした。

焼ける前を見ていないが、敷地の広さからして四、五人くらいまでならば都合がいい建物の大きさだと思われた。

「うむ。しかしそうなると、互いに驚いたであろうな」

場面を想像した。

「揉めたのではないでしょうか」

「どちらも、とんでもないことをしでかしてきた身だからな」

「ええ。相手も悪事を働いてきたと考えるでしょうね」

揉めて一人を殺害し、小屋に火をつけたということか。ただそうなると、よほどの揉め事があったに違いない。どのようなことか。

「争ったら、男三人の茂助らの方に利がありそうですね」

人殺しも辞さない、根っからの悪党だ。

「いかにもだが、死体は一つだった」

「そうですね」

あの日、小屋の炎と闇の中で舟に乗って逃げる者たちを目撃した漁師は、一同が争っていたとは言わなかった。他に逃げていった者の気配についても言わなかったから、残りの五人は舟に乗ったことになる。

「お咲は、何であれ抗《あらが》ったと思われますが」

「それはそうだろう。ただ気絶させられて荷われていたら、運ぶのに手間はかかるまい」

小屋を焼く炎があって姿が見えたとしても、漁師は動転していた。船に乗り込んだ者の人数さえ、はっきり分からなかった。

「となると、殺されたのは平助だと思われます」

平助が、お咲を人質にして川浦屋から身代金を奪おうとするとは考えにくい。

「そうだな。茂助らは、お咲が金持ちの娘だと知ったら、もうひと稼ぎしようと考えるだろう」

「平助は、邪魔者です」

駆け落ちしたばかりで不憫だが、妥当な成り行きだ。

「酉吉はどう動くか」

「平助とどこまでの繋がりがあったかによりますが、脅されれば、三人組と手を組むのではないでしょうか」

返さなくてはならない、十五両の借金もあった。

「毒喰らわば皿までか」

「まあ」

盗賊と駆け落ち者が出会った可能性は大きいが、確認はできていない。近くの他の小屋も、念のため一つ一つ戸を開けて中を検めた。

船具の他に、漁網なども入れられているが、一夜とはいえ複数の者が使ったとは思えない様子だった。埃だらけで、長く使われていない小屋もあった。

「燃えた小屋について、さらに調べを進める必要があるな」

「そうですね」

「しかし思いもよらない話になってきたな」

忍谷が呟いた。そして問いかけてきた。

「川浦屋へ文を持ってきた婆さんだが、やらせた者を当たったか」

「いえ、まだ」

どきりとした。聞いたときは酉吉あたりかと踏んで、それ以上の調べをしていなかった。しかし状況が変わっている。

「すぐに当たれ」

日頃は骨惜しみをする忍谷だが、人使いは荒い。組んで仕事をすると、面倒なことは押し付けられた。

「はあ」

言われたことはもっともなので、凜之助はその足で昌平橋の南橋袂へ行った。江戸でも指折りの盛り場である八《や》つ小路《こうじ》の外れで、人通りの多い場所だ。

広場には露店が並んでいる。大道芸人が、口上を述べていた。

橋袂では、三人の物貰いがやや離れたところにいて、藁筵《わらむしろ》に座って膝の前に欠け丼などを置いていた。その一人が、昨日の婆さんだった。何事もなかったように座っている。欠け丼には、鐚銭が一枚入っていた。

凜之助は、他の物乞いをしている爺さんに問いかけた。

「あの婆さんのところに、昨日銭を与えた二十代前半くらいの歳の職人ふうを覚えているか。話をして、仕事をさせたはずだ」

「さあ、来たかもしれないが。分からないね」

人のことなど気にしないということか。そこでもう一人の物乞いの爺さんに問いかけた。

「ああ。そういえば来ていた。銭を貰って、結び文らしいものを受け取った婆さんは、どこかへ出かけたっけ」

聞いた通り、銭を貰って用事を頼まれていた。頼んだのは職人ふうで、年齢からして酉吉か茂助だろう。

「銭になるならば、おれがやりたかった」

そういう目で見ていたので覚えていたようだ。

「用を頼んだ男は、その後どうしたのか」

「八つ小路の露店の方へ歩いて行った」

「それだけか」

「ええと、侍が現れた」

「それでどうした」

「何か話して、一緒にどこかへ行った。二人は知り合いらしかった」

歩いて行った方向は、婆さんと同じだった。離れたところから、川浦屋へ入ることを確かめたのに違いない。

「侍は、三十代後半の浪人者だな」

「へえ」

岡下欽十郎だと思われた。それならば、やはり茂助らはお咲の身代金要求に一枚嚙んでいることになる。

焼けた小屋で出会わなければ、三人の賊たちは、平助とお咲の駆け落ちなど知るよしもなかった。また酉吉には、浪人者などに知り合いはないはずだった。同じ小屋を隠れ家にしようとしたことが、焼死者を出し事を厄介にしてしまったようだ。

二

凜之助はいったん、南町奉行所へ戻った。

町廻り区域内で、他の小さな案件があった。その処理をした。頭では、繋がってきた三つの事件について考えていた。

西吉だけでなく岡下らが加わっているならば、身代金を奪うことをあきらめることはない。必ずもう一度、何かを言ってくると確信していた。言ってくれば、町奉行所へ知らせが入るはずだし、他にも何かあるかもしれない。

そこへ築地南飯田町の岡っ引きと町役人《ちょうやくにん》の一人、焼けた小屋の持ち主である漁師が姿を見せた。

「あの焼け跡の始末をしたいのですが」

詳しい調べをしたかったので、そのままにさせていた。しかしいつまでも調べを入れないわけにいかないのは明らかだ。持ち主の意向もある。

すぐにもかかりたいらしかった。

「分かった。ならばこの機に検めよう」

凜之助も同道して、片付けに加わることにした。

再び南飯田町の河岸場に行くと、すぐに荷車二台がやってきた。町の若い衆もついてきて、焦げた材木を荷車に載せ始めた。灰が舞い上がり、材木の焦げた臭いがまたあたりに広がった。

検視の済んだ焼死体は、すでに回向院《えこういん》へ運んでいる。

凜之助は燃えた材木などを、一つ一つを手に取って丁寧に検めた。材木に大きな傷跡らしきものが残っている場合は、小屋の持ち主に確認した。

すでに灰になっている部分もあった。そこには手を突っ込んだ。

「これは」

何かが指先に触れた。多くは漁具の燃え滓《かす》だったが、思いがけないものが出てきた。

指先に痛みがあった。少しばかり血が滲んだ。

取り出してみると鑿だった。刃幅は一寸（約三センチ）ほどで、刃こぼれはしていなかった。漁で使うものではないだろう。

小屋の持ち主に訊いた。

「見覚えがあるか」

「いや、ないですね」

付火の前に入ったときには、なかったものだと言う。

「焼死体を刺した鑿ではないか」

と察しられた。死体には、刃先と同じくらいの刺し傷の痕があった。煤《すす》をはらうと、柄の部分に傷があった。賊の内の誰かの、遺留品であることは確かだ。

慎重に探ったが、鑿の他に気になる品は現れなかった。

鑿を使うのは、大工だ。そこで凜之助は、芝三島町の棟梁竹次郎の家を訪ねた。今日の仕事場を聞いて、そこへ出向いた。

「これに見覚えはないか」

大工が使う鑿だとはっきりさせた上で尋ねた。弟子の職人たちにも見せた。柄は焦げていたが刃の部分はそのままだった。

「知りやせんね」

という者はいたが、覚えている者もいた。

「これは志満造さんが使っていたやつじゃないかね」

「焼けたとはいえ、きちんと手入れをしていた」

「どれどれ。なるほど、そうに違いねえ」

複数の者が、志満造の道具だと告げた。そうなると、焼死体を刺したのは、志満造だったとなる。

ここで凜之助は、詳細には触れないが、この鑿が殺しに使われたと考えていることを伝えた。

「そ、そりゃあ」

一同驚いた様子だ。すぐには声も出ない。

「志満造が殺《や》っていると思うか」

一同、顔を見合わせる。

「あの人の日頃の様子を見ていると殺っているとは思えねえが、いざとなると分からねえ気がする」

と言う者がいた。

「なぜそう思うのか」

「だってあの人は、ものすごく腹が据わっていた。殺らなくちゃならないとなったら、怯《ひる》まねえんじゃないかと」

聞いて頷いた者もいた。

「それに、大事にしなくちゃあならない人がいねえ」

と口にした職人もいた。何をしても、迷惑をかける者はいないと告げている。勝手に過ごせるということだ。

十数年前に、女房は子どもを連れて姿を消していた。すでに赤の他人と言っていいだろう。

「もう会ってはいないのだな」

「そういう話は、聞きやせんね」

「でも、実は誰にも言わずに会っていたかもしれねえぜ」

と口にした者もいたが、話に乗った者はいなかった。

「しかし何で、人を刺したんだ。何もなくちゃあ、そんなことはしねえだろう」

「そうだな。あの人が誰かを恨んでいたなんて話は聞かない」

「金が絡めば、別じゃねえか」

酒は飲んでいたが、博奕に手を出してはいなかった。女遊びも、耳にしたことはないと皆は言った。

「そういやあ、あの人、体の塩梅《あんばい》がよくないことがあった気がするが」

急に思いついたように口にした者がいた。

「ああ、顔色がよくなかったな」

「悪さをして、最期に一花咲かせるつもりか」

これは冗談のつもりで言ったらしい。他の者たちが、あっはっはと笑った。

そのあたりの真偽は分からない。

新銭座町の長屋へ行って住人らにも尋ねた。女房や子どもがいたという話は、誰もが知っていた。

「子どもは、娘だって聞いたけど。孫はって訊いたら、今さらそんなこと知ったところで、どうにもならねえだろうって言っていた」

「本当は、会いたいんじゃないかね。男は、やせ我慢をするからね」

女房たちは、嬉しそうに笑った。

病については、気づいた者はいなかった。

「あの人、もともと顔が浅黒いから、顔色がいいとか悪いとか、そんなこと気づかないねえ」

「でもさあ。あの人、雪隠《せっちん》で吐いていたことがあったよ。二日酔いかと思ったけど」

と口にした者はいた。

何であれ男五人はあの小屋で鉢合わせをして、揉めた。一人が殺されたのは確かだ。状況から考えれば、殺られたのが平助で、殺ったのは兇器からして志満造だ。

三

さらに凜之助は、川浦屋へ足を向けた。昨日の今日だから、身代金について何か言ってくるかどうかは分からないが、ともあれ何かあればすぐに態勢が取れるようにしておかなくてはならなかった。

そう間は開けないだろう。

豊七と手先は、今日も店の周辺を見張っている。今のところ、不審な者は現れていないが、どのような手立てで文を送ってくるか分からないから気を抜くことはできない。

「お咲は、あれで殺されてしまったでしょうか」

庄左衛門はおろおろしている。しぶとい商人の面影はなかった。自分まで舟に引きずり込まれそうになったのは、衝撃だったらしい。そのときの恐怖が消えないから、お咲の安否がなおさら案じられるのだろう。

「こちらには何も言わないで、すでにどこかに売り飛ばしてしまったのではないでしょうか」

考えることは、ついつい悪い方へ行くようだ。口には出さないが、それはないとはいえない。平助が殺されるだけでなく、お咲までが殺されたり売られたりしては、最悪の展開といっていい。

「やつらは金を奪おうとしている。金蔓《かねづる》だからな、容易《たやす》く殺すことはないぞ」

凜之助は、励ますつもりで言った。庄左衛門は、怯えた顔で頷いた。お品は仏間にこもって出てこない。

そこへ忍谷が、川浦屋へ姿を見せた。これまで凜之助が当たっていた駆け落ちや人質の件にはまったく関心を示さなかったが、関わりがありそうだとなって動きが変わったか。

やる気はないにしても、手掛かりを得られそうなことには抜け目がなかった。

「焼け跡の始末に、立ち合ってきました」

状況を伝えた上で、鑿を見せた。

「他に遺留品はなかったわけだな」

「ありませんでした」

「刺されたんじゃねえかと話した平助だが、あれは庖丁鍛冶だったな」

「そうです」

「てめえが持ち出したものを持って出たと聞いたが、それはなかったわけか」

前に話したことを忍谷が覚えていて、凜之助は少し驚いた。二本持ち出して、一本は路銀のためにお咲が三河屋へ質入れをしている。

「そうですね」

凜之助は気づかなかった視点だ。

「やり合ったんなら、身を守るために庖丁の柄を握ったんじゃあねえか」

「ならば、残っていそうですね」

鑿は腹に刺さったとしても、握った庖丁が残っていてもいいはずだ。庖丁ならば燃えない。誰かが、持ち去ったのか。

「刺されたのは平助だと思っていたが、そうとは限らねえぞ」

忍谷が目を光らせた。

「平助が殺傷に関わっていなかったら、庖丁は出さなかったかもしれません」

「その場にいただけならば、そうだろう」

「庖丁がないのも不思議ですが、志満造にしても愛用の鑿を残すのは腑に落ちません」

「慌てていたということはあるにしてもな」

「となると刺されたのは、志満造の方でしょうか」

焼死体にあった刃物による傷痕は、平助が持ち出した庖丁か、焼け跡に残っていた鑿によるものか、はっきりしない。鑿は死体に刺さっていたわけではなかった。

「刺した兇器が庖丁ならば、平助が持って逃げたと考えるべきだろう。しかし奪い取った他の者とも言えなくはない」

「焼死体にあった刃物傷は、鑿とは限りません」

「刃幅の似た、刺身庖丁かもしれないわけだな」

「そうです」

「ううむ。厄介だな」

刺した庖丁は、平助が持って逃げたと考えるべきか。あるいは、奪い取った他の者が持っていることもないとはいえなかった。また焼死体にあった刃物傷は、鑿とは限らない。刃幅の似た刺身庖丁だとも考えられた。

ただ平助が持ち出した自作の庖丁が、どの程度の刃渡りや刃幅のあるものか分からない。見てもいないし、確かめたわけでもなかった。

そこで凜之助は、忍谷と共に田所町の庖丁鍛冶の親方助蔵のもとを訪ねた。

「あいつが持ち出した庖丁は、あいつが手掛けたもので、できのいいもの二本だった」

助蔵は言った。商品になる出来栄えだったので、長く取って置くようにと告げたのだそうな。

「辛抱すれば、じきに一人前になれたものを。馬鹿なやつだ」

と続けた。腕を惜しんでいる様子だった。ただその品を持って出たわけだから、庖丁鍛冶として生きる気持ちを捨ててはいないと、凜之助は感じる。心中ではない。二人は生きるつもりで町を出ようとしたのだ。

「どのような庖丁だったのか」

「刃渡り七寸（約二十一センチ）で刃幅が一寸ほどの刺身庖丁と、刃渡り五寸の出刃庖丁で刃幅は一寸半だったかと思いますが」

凜之助は、焼け跡から出てきた鑿を示した。

「刃幅は、刺身庖丁の方がこれと同じくらいですね」

「刺せば、同じように見えるが」

兇器として使われたかもしれないと察したからか、助蔵は慎重な口調になった。

「そうはならないでしょう。庖丁とは刃の厚さが違います」

「だが体が焼け爛れていたらどうか」

「それならば、見分けがつかないかもしれません」

焼死体に残っていたものだから、正確な寸法は分からない。どちらとも決められない気がした。

「庖丁鍛冶が、てめえの拵えた品で人を刺すなんて、よほどのことがなければありませんぜ。それに平助には、そんな度胸もありやせん」

う言い方をした。

助蔵の仕事場を出た凜之助は、歩きながら忍谷と話した。

「焼死体が平助だったとは、やはり決められないですね」

「確かにないとはいえないが、そうなると平助は、お咲をだしにして身代金を奪おうとしている仲間となるぞ」

路銀を得るために、お咲も嚙んでいるのではないかと考えたことはあった。しかし三人組の賊が加わるとなると、話が違う。

「盗賊たちが加われば、分け前も減りますね」

お咲や平助は不満だろう。

「そうだな。お咲は仲間ではなく、拘束されているのかもしれねえな」

ただこちらは予想をするだけで、向こうの動きは読めない。

「もし仲間の志満造が刺されていたら、岡下や茂助は許さないのでは。死体は二つあってもよさそうです」

「酉吉が、平助を裏切ったのかもしれねえ」

忍谷は続けた。

「しょせんは欲にまみれた悪党どもだ。てめえが殺されず、取り分が増えるならば、それでいいんじゃねえか」

冷ややかな言い方だ。忍谷は悪党と見做した者に、余計な期待をかけない。

四

昨夜、永代橋下での身代金の受け渡しは失敗した。庄左衛門はお咲がどこかへ売られてしまうのではないかと案じているが、凜之助は少なくとももう一度は金子の要求をしてくるだろうと踏んでいた。

「おれもそう思う。悪党は、一度摑んだ金蔓は、吸い尽くすまで離さねえものだ」

忍谷も言った。

庄左衛門は永代橋下の船着場で、金を出す意思を賊に示した。結果的にはうまくいかなかったが、賊たちは気持ちを理解したはずだった。

何事もないまま、夕暮れ時になろうかという刻限になった。

「そろそろ来そうな気がしますが」

「うむ。やつらにしたら、早く金を手にしたいところだろうからな」

凜之助の言葉に、忍谷が応じた。

どのような場所に潜んでいるか知れないが、人質を置いておくわけだから、誰かに気づかれるわけにはいかない。決着を急ぐだろう。

店脇の商談用の小部屋に二人はいた。襖を開けておけば、店の様子がよく見えた。変事があれば、すぐに飛び出せる。

少しして中どころの商家の主人か、大店の番頭といった風情の初老の男が、敷居を跨いで入ってきた。

「これはこれは、桐之助《きりのすけ》さん」

帳場の奥にいた庄太郎が、慌てて迎えに出た。声を聞きつけたからか、庄左衛門も奥から姿を見せた。やり取りで、越中屋の番頭だと分かった。

「ささ、どうぞお上がりくださいませ」

「いやいや、ここで」

父子が勧めたが、桐之助は履物を脱がず上がり框《かまち》に腰を降ろした。一応笑顔を浮かべているが、目は笑っていない。

茶菓が運ばれたが、それには手をつけず本題に入った。

「その後、お咲さんはどうなりましたかな」

攫われて身代金を求められていると伝えていた。それを聞いて婿になる富之助が、先日は姿を見せていた。

「それがなかなか、渡すことができなくて」

庄左衛門は困惑の表情をした。心労が顔に出ている。

「それはいけませんね。さぞかし案じられることでございましょう」

気遣う口調だが、口先だけの物言いにも感じられた。

「それはもう」

庄左衛門は大きなため息を吐いて、肩を落とした。けれどもすぐに、桐之助に目をやった。

来意は何か、それが気になる様子だ。

桐之助が訪ねて来たのは、庄左衛門や庄太郎にとっては思いがけないことだったらしい。手ぶらで来たのだから、見舞いではなさそうだ。

「うちの若旦那との祝言ですが、それまでに一月を切っております」

「まことに、困ったことになっております。ですがそれまでには」

はっとした顔で、庄左衛門は応じた。

「いやいや、無理はよろしくない」

両手を振った。そして一つ、こほんと小さな咳をしてから桐之助は続けた。

「旦那さんや若旦那とも話をいたしましたが、祝言を先に延ばしていただこうという話になりました」

きっぱりとした口調だ。同意を求めたのではなく、決まったことを伝えるといった印象だった。

「しかしいろいろと支度もしておりますし」

庄左衛門は今となっても、そのまま祝言を挙げたいらしかった。連れ戻すことを前提に話している。

「無事にお戻りになっても、お咲さんの身が案じられます。心穏やかではないものがありましょう」

「それはそうですが」

桐之助は、「心穏やかではない」というところに力を入れていた。ここで凜之助と忍谷は顔を見合わせた。

お咲の駆け落ちに、越中屋は気づいたと察しられる。

駆け落ちをするような相手がいては、たとえ連れ戻されても、心穏やかに輿《こし》入《い》れなどできるわけがない。嫁を取る側からしたら、とても受け入れられない話になるだろう。

「延ばすのが順当ではございませぬか」

桐之助の一存ではなく、主人や親戚衆の意向を踏まえた上でやって来たと告げている。越中屋側だけの意向とはいえ、もともとこの祝言では、川浦屋は強いことを言えない立場だった。

商いを大きくするための、資金援助の話が伴われているからである。

「いや、数日休めば」

縋《すが》るような口調にも聞こえた。

「まことに。それで充分で」

庄太郎も続けた。越中屋の資金援助を得て、商いをどう広げるか、思案もできているのに違いない。引くわけにはいかないといったところだろう。

ただ越中屋や桐之助にしてみれば、川浦屋の事情などどうでもよいはずだ。

「それにね、おかしな噂も聞きました」

隠しても、知っているぞといった顔だ。

「な、何でしょう」

庄左衛門の声が掠れた。

「どこかの職人と、駆け落ちをしたとの話ですよ」

「まさかそのような」

「ええ、そのようなことはないでしょうが」

とは言ったが、もう表情に柔らかさはなかった。やはり噂は、京橋まで届いていた。越中屋がここまでの話をしてきたのは、単に噂を聞いたというだけではないと思われた。それなりの調べをした上で来ているならば、破談を告げに来たと受け取るべきだった。

重要な話だが、番頭に任せて姿を見せない主人は、見切りをつけたわけか。

「では、いつまで延ばすことに」

縁談は、あくまでも打ち切らないという庄左衛門の腹だが、桐之助はにこりともしないで返した。

「まあ、おいおいご相談をいたしましょう」

それで番頭は立ち上がった。告げるべきことを告げた以上、もう用はないといった態度だった。そのまま引き上げていった。

「ああ」

桐之助の姿が見えなくなったところで、庄左衛門はがくりと肩を落とした。

「お咲のやつは、馬鹿なことをしてくれたものだ」

庄太郎が、吐き捨てるように言った。店の者は、誰も声をかけられない。

「いらっしゃいませ」

店に客が来て、ほっとした顔で手代が声を上げた。庄左衛門は、また奥へ引き下がってしまった。

そしてしばらくの時がたった。暮れ六つの鐘がそろそろ鳴ろうかという頃、自身番の書役《かきやく》が蒼ざめた顔で川浦屋へやって来た。

花柄の小さな風呂敷のようなものを手にしていた。

「こんなものが、戸口にありました」

相手をした庄太郎に、持ってきた品を差し出した。持ってきたのは風呂敷ではない。花柄の娘の着物の袂だった。

「こ、これは」

庄太郎が呻《うめ》き声を上げた。

「お咲のものです」

自身番の戸口に、ただ置いてあった、開くと折りたたんだ紙片があって『川浦屋庄左衛門殿』と書かれていた。それで書役は慌てて届けに来たのだ。

すぐに奥にいる庄左衛門を呼んだ。お品も姿を見せた。

「ああ」

お品は、花柄の袂を胸に抱いた。

「間違いありません」

体を震わせながら言った。凜之助と忍谷も、傍へ寄った。

庄左衛門が、紙片を開いた。記されているのは一行だけだった。その紙片を凜之助と忍谷も覗き込んだ。

『これが最後　明日夕刻までに　三百両を調えろ』

これまであった文と、同じへたくそな文字だった。

「ああ、何ということだ」

庄左衛門の声は、泣き声に聞こえた。最初は百両だったが、二度目は二百両になった。庄左衛門は無理をして用意したが、今度は三百両だった。

とんでもない額といってよかった。

「そんな金子は、うちにはありませんよ」

わずかな沈黙の後、まず声を上げたのは庄太郎だった。庄左衛門は返事ができない。手にした紙片が震えるだけだ。

「これを出したら、うちは潰れます」

庄太郎が続けた。潰れるかどうかは分からないが、さらに百両とは、いくら何でも厳しそうだ。

「しかし出さなければ、何をされるか分からぬぞ」

と口にしたのは忍谷だった。確かにこれに応じなければ、殺すかどこかに売り飛ばしてしまうに違いなかった。江戸から連れ出されたら、どうすることもできない。

誰も口を開かない。

「どうする」

忍谷が迫った。

「もとを糺《ただ》せば、お咲のやつが勝手なことをしたのが始まりです」

庄太郎が、腹を決めたように口を切った。額に浮いた汗を、手の甲で拭った。

店を守るためには、お咲のことは仕方がないという口調だった。そこで庄左衛門は何か言おうとしたが、すぐに呑み込んだ。そして体を震わせた。

「では何もせずに、次の知らせを待つわけだな」

忍谷の言葉に、珍しく怒りがあった。お役目で気持ちを表すのを目にしたのは初めてだった。

「ない袖は、振れませんから」

呟くような、庄左衛門の声だった。

「金がなくても、捕らえることはできないのでしょうか。もともと見せるだけで、渡さぬはずの金子でございます」

庄左衛門は、金子と引き換えでお咲を取り戻す腹だったが、庄太郎の気持ちは違っていたようだ。さらに続けた。

「お奉行所の御威光で、何とかなりませぬか」

すっかり居直った口ぶりにしていた。

「何だと」

忍谷は、その言い方に腹を立てたようだ。ここで庄左衛門が叫んだ。

「明日の夕刻までに、できるだけのことをいたします」

決意の声だ。

「あてはあるのか」

「できるだけのことをいたします」

お品は強張らせた顔のまま頷いたが、庄太郎は返事をしなかった。板の間に目をやったままだ。

このことに、凜之助と忍谷は口出しをしない。川浦屋から引き上げることにした。

「庄太郎は、妹を見捨てるつもりだな」

店を出たところで、忍谷が言った。

五

長い一日だったと思いながら、凜之助は八丁堀の朝比奈屋敷の木戸門を潜った。夜も更けて、家の中はしんとしていた。

皆寝ているならば、起こすつもりはない。履き物を脱ぎ黙って上がろうとしたところで、出迎えのための二つの足音が聞こえた。

手燭を手にした、朋と文ゑだった。

どちらも硬い表情で、凜之助はどきりとした。一瞬、上がるのを躊躇った。

「お役目、ご苦労様でした」

朋と文ゑがそれぞれに言った。互いに相手をいない者として扱っていた。祖母と母の関係は、朝よりも悪化しているように感じた。

「ただいま戻りました」

喉から声を絞り出した。うんざりした気持ちになった。川浦屋でのもろもろも面白くないが、「家に帰ってもか」という気持ちだ。

丁寧に頭を下げて、廊下を歩いた。余計なことは口にしない。

鳥籠造りをしている松之助にも、帰宅の挨拶をした。家の中が女で揺らいでいるとき、父はひと際鳥籠造りに精を出す。

竹ひごが、だいぶ組み立てられていた。

「何かあったのでしょうか」

「そうかもしれぬが」

手を動かしたまま答えた。詳しくは知らないのかもしれない。立ち入っても、手に負えないと分かっているからか。

事情を聞いてもどうにもならないなら、そこで一日あった出来事について伝えた。

「三百両とは、ずいぶん吹っかけてきたな」

いったん手を止め、途中までの鳥籠を見直した。

「大店だと見て、取れると踏んだのではないでしょうか」

「そうかもしれぬが、三百両は大金だ。しかも明日夕刻までだぞ」

「はあ」

「賊たちも、愚かではあるまい」

そうかもしれないと思った。

「では何のために」

と言い終えてから、こちらを攪乱《かくらん》するためかと気がついた。

「庄左衛門は、お咲がいなければ金は渡さないと告げたわけだな」

「そうです」

「袂を寄こしたのは生きているぞと伝えたかったのであろうし、金高を上げたのは、こちらは何でもするぞと脅したのであろう」

「しかし出さないかもしれません」

店を守ることを第一に考えれば、庄太郎のような意見になる。代々続いた老舗を、賊の欲望のために潰すわけにはいかないとする親戚筋もいるだろう。

「やつらは、何らかの形で川浦屋を探っているはずだ」

「そうかもしれません」

こちらは、投げ文をする者のことばかり頭に置いていた。

「娘の身の上を安く見るつもりはないが、どれほどの器量よしでも、三百両出す者はそうはいない」

凜之助に実感はないが、そうかもしれないとは思った。

「だったらやつらにしてみれば、川浦屋から金を取る方を選ぶのではないか」

「……」

「次に何を言ってくるかが見ものだな」

何があっても死力を尽くすつもりだが、賊の動き次第では何をするかは変わって来そうだった。

台所で夜食を食べた。腹は減っていた。

文ゑが現れ、給仕をした。汁を温めてくれ、わざわざ魚を焼いてくれた。待遇がいいので驚いた。何を言い出すのかと警戒をした。

魚を箸でつまもうとしたところで、文ゑは口を開いた。

「そなた、祝言を挙げてはどうか。決めてもよい頃であろう」

たびたび薦められてはいたが、これまでとは気迫が違った。

「お麓どのを、どう思う」

「気さくな娘だと存じます」

面影を頭に浮かべながら返した。とはいえ、ぜひにもという気持ちではない。嫌でもない。添うとなれば、慈しむことができるとは思う。

「そうであろう」

「しかし父上は」

「あの方は、どうにでもなりまする」

歯牙にもかけていなかった。

「お婆様は何と」

と尋ねようとして言葉を呑み込んだ。聞くまでもない。文ゑは、朋への当てつけで話を勧めようとしている。

「そろそろ腹を決めなされ」

「はあ」

折角の魚の味が、よく分からなかった。

翌朝、凜之助が井戸端で洗面をしていると、朋がやって来た。

「かねてから話していることだが」

いつもよりも気負った口調だった。

「はい」

楊枝を使いながら、凜之助は向き直った。

「そなた、三雪どのをどう思われるか」

来たぞと思った。昨夜は文ゑの申し出に戸惑った。とはいえ答えないわけにはいかない。

「はあ、きりりとしたしっかり者の娘だと存じます」

口を漱《すす》いでから、腹にあることを伝えた。お麓と同様、三雪ならば不満はないが、今は決められない。

「ならば朝比奈家の嫁として、ふさわしいではないか」

「まあ」

あいまいな返事になる。お麓にしても三雪にしても、それぞれの気持ちがあるだろう。

三河屋や網原家の考えも、受け入れなくてはならない。ただそれを問えば、一気に話が進んでしまいそうで、口をつぐんだ。

とても「承知」とはいえない。朋は、文ゑに張り合っている。

「三雪どのでは、ご不満か」

「とんでもない」

手伝いに行っている、小石川養生所での働きぶりを見ている。働き者というだけでなく、情にも厚い。

「蓮《はす》っ葉《ぱ》なお麓と、どちらがいい」

あまりに直截《ちょくせつ》な問いかけで慌てた。

「いや」

お麓を蓮っ葉とは感じないが、比べようがないし、二人に失礼な問いかけだとも思った。

どちらでもいい、というのが本音だ。けれどもその考えは、傲慢で勝手だ。

「いよいよ、腰を据えてもらわねばなるまい」

言い残して、朋は母屋へ入っていった。

「ううむ」

役目に出れば、厳しい状況にある。屋敷でも、油断のできない雲行きになってきた。

凜之助は、ふうと大きなため息を吐いた。

六

手早く朝食を済ませた凜之助は、母や祖母となるべく顔を合わせないようにして屋敷を出た。

今日は曇天で、風が強く肌寒かった。だいぶ温かくなりかけていたところだが、綿入れを着込んだ婆さんの姿を見かけた。

受け持ちの町廻りを済ませて、堀江町に入った。

「次に何を言ってくるかが見ものだ」

と言った松之助の言葉が頭に残るが、それがあるのは夕暮れ近くになってからだろうと察しられた。

町木戸を潜ったすぐに小間物屋があって、中を覗くと掃除をするお永の姿が見えた。目が合うと、外へ出てきた。

「お咲さんは、無事でしょうか」

案じ顔で尋ねてきた。昨日と同じ問いかけだ。今日になっても姿がないのだから、気を揉んでいたのだろう。案じている者が、ここにもいる。

「取り戻すのは、これからだ」

凜之助は応じた。

「手引きをした酉吉さんが、お金を取ろうとしているんだと思います」

お永なりに、これまでのことを振り返ったらしかった。そこで凜之助は気になっていたことを訊いてみた。

「平助と酉吉は、本当に仲が良かったのか」

焼死体は、平助か志満造のどちらかではないかと考えている。平助ならば、酉吉は焼けた小屋でどういう立ち位置だったのかと気になる。初めから三人組と仲間だったとは考えにくい。

「仲は良かったと思いますが、気になることはあります」

少し首をかしげてから答えた。

「どういうことか」

「酉吉さんは、お咲さんのことが本当は好きだったんじゃないかって」

「ほう」

思いがけない言葉だった。四人で西本願寺へ行き、饅頭を食べた話を前に聞いた。そういえばそのとき酉吉は、お永よりもお咲に話しかけようとしていたとか。

「平助さんは、気づいていなかったと思います」

十五両のことがあるから、酉吉が二人の駆け落ちを利用して川浦屋から銭を引き出そうとしていたことは間違いない。そこへ三人組の賊が現れた。賊は駆け落ち者が金になると知り、鑿で人を刺すほど揉めた。

平助が邪魔だと思っていたら、殺されそうになったとしても酉吉は助けなかっただろう。恋敵だったなら、なおさら好都合だろう。賊らと共謀して身代金を得、お咲を連れて逃亡するという策略を立てたとも考えられる。

岡下らと遭遇したのは、酉吉に取ってよいきっかけになったのかもしれなかった。

「でも酉吉さんの気持ちを確かめたわけじゃないんです。私が勝手に感じただけで」

お咲が気づいていたかどうかは分からない。

「攫った賊は、何も言ってこないんでしょうか」

「来ているがな、求める金高はなかなかに高額だ。出せば、商いの目論見を変えねばなるまい」

「そんなにですか」

俯いた。そのまま呟くような口調で言った。

「兄の庄太郎さんは、出し渋るでしょうね」

昨日のやり取りを、まるで見ていたようだった。

「そうだな」

「庄太郎さんは、お店のことばっかり。平助さんのことを知っていながら、越中屋さんの話を勧めたんです」

「庄左衛門や母親はどうした」

「店を大きくするためにと、庄太郎さんに背を押されたようで」

初めは平助でもよいと考えたらしいが、庄太郎は野心家で熱心だった。

「では二親は、お咲の気持ちを知っていたわけだな」

「いえ、はっきり話してはいません。でもおっかさんは気づいているだろうとお咲さんは話していました」

「そんな中で、縁談は進められたわけだな」

「はい。お咲さんは、川浦屋のためと言われたら断れない」

「なるほど。それで一度は頷いたわけか」

「そうです。庄太郎さんとは、もともと不仲だったと思います」

お咲の気持ちに添う者は、川浦屋にはいなかったとなる。

「それじゃあ」

小間物屋は表通りの店とはいっても間口二間半（約四・五メートル）で、奉公人は小僧しかいない。お永は頭を下げた。掃除を続けなくてはならないようだ。

お永と別れた凜之助は、川浦屋へ行った。忍谷の姿はない。増本屋へ押し入った三人について、改めて探ると言っていた。

庄左衛門は金策に出たのか、姿は見えなかった。賊たちからの文はまだない。

豊七やその手先には、川浦屋を探る者がいたら捕らえろと伝えていた。凜之助は店脇の部屋に入り様子を窺う。

庄太郎は帳場で算盤《そろばん》を入れているが、珠音は苛立っている。見ていると、何度もやり直しをした。

越中屋との縁談は壊れ、駆け落ちしたお咲を取り戻すために、多額の金子が必要になっていた。店を大きくするどころか、屋台骨が揺らぐかもしれない状況だ。

そこへ力ない様子で庄左衛門が戻ってきた。

「どうでしたか」

「押尾屋《おしおや》さんへ行ったが、店舗を担保にするならば百両貸すと言われた」

遠縁の店だ。百両借りられるとしても、店舗を担保にとされて決断がつかないらしかった。

主人である庄左衛門が決めていい話だが、永代橋下の賊とのやり取り以来弱気になっている。

庄太郎の考えを聞こうという腹らしかった。

「まさか、そんな話。乗れるわけがない」

吐き捨てるように庄太郎は言った。迷う気配もなかった。

「しかし他に手立てはない。あらかたの親戚には、もう借りられるだけ借りているからねえ」

庄左衛門は嘆息した。店舗を担保に借りるのもやむなしといった言い方だった。

「いけませんよ。店を傾かせては意味がない」

「そうは言っても。見捨てるわけにはいかないよ」

本音だろう。奥からお品が出てきた。

「取られるって、決まったわけじゃあないんだから」

お品は半泣きだ。しかし庄太郎は、それで気持ちは動かされなかった。

「お咲は親の言うことを聞かず、勝手に出ていったのです。悪党と手を組んで、川浦屋から金を引き出そうとしているのかもしれない」

「まさかそんなこと」

「分かりませんよ」

庄太郎は、お咲を川浦屋の商いにとって、迷惑な者と見ている。また、事実ないとは言い切れない話だった。

「じゃあ、どうすればいいんだい」

「石を紙に包んでいけばいい。奪われたとしても石です」

「まさか、そんなことをしたらお咲が」

「川浦屋を守るためです」

この一言には、力が入っていた。

「次に何か言ってきたら、それに従うふりをして、待ち伏せる捕り方の方々に、悪党どもを捕らえていただきましょう」

庄太郎はそう続けた。庄左衛門も女房も、それに逆らえなかった。

第四章　最後の指図

一

受け持ちの町廻りを済ませた忍谷は、南新網町へ足を向けた。志満造が酒を飲んでいたという居酒屋とんぼから、改めて聞き込みをしようと考えたのである。

曇天に吹く風が、肌寒い。寒さに弱い忍谷は背を丸めた。

「せっかく暖かくなったと思ったのに」

と愚痴が出た。できればどこかの自身番で火鉢に当たりながら、油を売りたいところだ。

ぶつぶつ言いながら歩いて行く。志満造は、とんぼで茂助とも酒を飲んでいた。分かっている限り、唯一足を向けていた場所だ。

逃げた女房と娘がいたと聞いている。どこでどのような暮らしをしているのか。交流はなかったのか。盗賊に身を落とした志満造ではあるが、金はあったはずだ。

今のところ小屋の焼死体は、平助か志満造ではないかと踏んでいる。生きていてどこかにいる痕跡があれば、焼死体が誰かはっきりする。

「やつらが潜んでいそうな場所を、炙《あぶ》り出さなくてはなるまい」

という気持ちだ。娘や女房に未練があるならば、捜して会いに行ったかもしれなかった。極悪人でも、心の内はわからない。

とんぼの女房に、再度問いかけをした。

「この間話したことが、すべてなんですけどね」

と面倒そうに答えたが、女中も呼ばせて小さなことでもいいから思い出せと告げた。

「でもあの人、居合わせた客ともめったに話なんてしていなかったからねえ」

女中の一人が言った。一緒に呑んでいる姿を目にしたのは、竹次郎や亀七のところの職人だけだ。

「でも一人だけ、他に話をした人がいたっけ」

「そうかねえ」

とんぼの女房は思い出せなかったが、若い女中は思い出したらしかった。めったにないことなので、女中は記憶に残っていたそうな。

半月ほど前で、話の内容は分からない。

「話していたのは、誰か」

「煙草刻みの留《とめ》さんです」

隣町で葉煙草を刻む中年の職人留吉《とめきち》だそうな。仕事場を聞いて、早速訪ねた。職人は押さえ板の上に煙草の葉を置き、幅広の庖丁で細かく刻んでゆく。

仕事中の留吉に、忍谷は声をかけた。

「ええ、志満造さんね。話したことがあります」

育った村も歳も違うが、共に房州《ぼうしゅう》の出だった。

「何を話したのか」

「いろいろですが、たいしたことではなかったですね」

「覚えていることは、あるであろう」

「あの人は、四谷御簞笥町《よつやおたんすまち》の棟梁のもとへ修業に出たと聞きました」

女房子どももいたが、喧嘩騒ぎを起こして親方のところを辞めさせられた。その前にもいろいろあって、愛想をつかされた。

「一人になった後は日雇いで、あちこち行ったらしいが」

流れ流れて芝へやって来た。修業した棟梁が誰かは言わなかった。

「今、どのような暮らしをしているかは、話さなかったか」

「後になって雇われた、親方や職人の話をするくらいでしたねえ」

しかし志満造を知る手掛かりはできた。

忍谷は御箪笥町へ足を向けた。お城の向こう側だが、遠いとは思わない。手掛かりがあれば、寒さも堪えられる。

けれども御箪笥町には大工棟梁の家はなかった。棟梁は六年前に亡くなって、後を継いだ倅は市谷《いちがや》へ越していた。その場所を聞いて、忍谷は転居先を訪ねた。

「そういえば、志満造という名の職人がいましたねえ」

倅は、志満造がいたことは覚えていたが、当時のことは何も覚えていなかった。十七年も前のことだ。

しかし先代棟梁の女房だった婆さんは、志満造を覚えていた。

「あの人の女房は、四年前に亡くなりましたよ」

付き合いはあったらしい。好き勝手をして姿を消した亭主を持って、女房は幼子を抱えて苦労した。居酒屋の女中として、稼ぐ手立てを得られるように口利きをしたそうな。

「幼い子を抱えていて、捨て置くわけにはいかなかったからねえ」

「待て。女房には逃げられたと聞いたが」

「誰が言ったんですか、そんなこと。志満造は、女房と幼い娘を置いたまま、帰ってこなかったんですよ」

志満造は、都合のよいことを口にしたのかもしれない。

その幼かった娘も、今は二十四歳になる。おたねという娘は、青物屋の女房になって過ごしているとか。

「堅気の暮らしだな」

「ええ。父親は居なくても、しっかりした娘に育ちましたよ」

「志満造は、訪ねてきてはいないか」

「いないでしょう。捨て姿を晦《くら》ましたんですから、どの面下げて来られるものですか」

腹立たし気な言い方だった。志満造が姿を消したのは、おたねが七歳のときとなる。

それならば、父親の顔は覚えているのではないか。

「おたねさんは、父親のことなんて、ただの一度も口にしたことはありませんよ」

ともあれ青物屋へ行った。町の裏通りで、間口は二間だ。

近くで訊くと、亭主との間に子どもが三人いるとか。亭主は青物の振り売りをしていたが、二年前にようやく裏通りに店を借りて主人になった。

「楽ではないらしいけど、夫婦とも働き者ですよ」

子どもは健やかに育っている。店を出すには、金を借りた模様だが、返済に困っているという話は聞かないとか。

「おたねの父親は」

声をかけた相手にも、志満造のことを訊く。

「そりゃあいたでしょうけどね。話に出たことはないですね」

近所の三人に聞いたが、同じような答えだった。それで忍谷は、改めて店の前に立った。赤子を背負った女が、客から青物の代を受け取っていた。愛想と威勢がいい。

それがおたねだった。

おたねは、いきなり現れた定町廻り同心に、不審の目を向けた。

「志満造に会うことはないか」

一瞬驚きを示したが、すぐに嘲笑《あざわら》う表情になった。

「あの人、何かやらかしたんですか」

忍谷の腰の十手に目をやりながら言った。やれやれといった顔だ。

恨んではいるが忘れてはいないと、忍谷は感じた。

「まだ分からぬが、芝で姿を見せた」

詳細は言わない。少しでも思いがあるならば、聞けば悲しみ、腹を立てるだろう。

「そうですか。でもだからといってねえ、もうどうでもいいことです。何しろ十七年も前に別れたきりなんですから」

「だが父親ではあるだろう」

「今さら、親でも子でもありませんよ」

現れたら、塩をまいて追い返してやると言い足した。

わざわざ定町廻り同心が現れた。何かしたのだと察して腹を立てている。どうでもいいとは口にしたが、気持ちが動いたのは確かだ。

志満造とおたねは、会って話などはしていない。しかし志満造は、御箪笥町の棟梁関わりでおたねの居場所を知り、他所ながら様子を窺うことはできた。気持ちがあったなら、誰にも告げず探ったはずだ。

おたねと別れた後、忍谷はさらに近所で聞き込みをした。

「おたねの暮らしぶりについて、尋ねてきた者はいないか」

四軒目の煮売り酒屋で反応があった。

「そういえば、あったような」

半年以上も前のことだからはっきりとは覚えていないとしてから、女房はぽつりぽつりと話し始めた。

「六十歳近い職人ふうの人が来て、おたねさんのことを聞いてきたっけ」

腰の低い、丁寧な口ぶりの老人だったとか。母親は四年前に亡くなり、所帯を持ったおたねは、二年前に店を持ったことなどを伝えたとか。

「それで何か言ったか」

「いや、聞いていただけだったと思いますけど」

「爺さんに、変わった様子はなかったか」

「そういえば、飲んでいた酒をこぼしたっけ」

「何かあったのか」

酒飲みらしくない。

「胃の腑が差し込んだらしい」

「なるほど」

そういえばどこかで、志満造の体の具合がよくないようなことを聞いた気がした。どこで耳にしたかは、思い出せない。他人事には万事に関心がない忍谷は、気にも留めていなかった。

「老いて体の具合が悪くなり、捨てた娘が気になったということか」

侮蔑の思いをこめて、忍谷は口にした。

二

そこで忍谷は、再び芝新銭座町へ足を向けた。志満造が暮らしていた裏長屋へ行った。短い間とはいえ、暮らしの根があるのはここだ。

ここでは井戸端にいた女房たちに、まず志満造の体調不良について訊いた。

「さあ、寝込んだような気配はなかったけどねえ」

「でも、何かの薬を飲んでいたことがあったよ」

そう言えば前に、志満造が雪隠で吐いているのを見たと言った女房がいたのを思い出した。

「毎日、飲んでいたのか」

「そうだと思いますけどね」

「かかっていた医者は誰か。薬は、どこで求めたのであろう」

それが分かれば、志満造の動きも見えてきそうだ。

「さあ」

女房たちは、首を傾げた。何しろ志満造は、長屋の者に、己のことはほとんど口にしていなかった。

長く寝込んだわけでもないので、誰も気に留めていなかった。

「一日寝ていたことがあったけど、暇なだけだと思ったよ」

「そうそう。次の日には、道具を抱えて出ていった」

「志満造に、道楽はなかったのか」

「そんなもの、あったのかねえ」

「あの歳をして一人で、誰とも関わらない。何が楽しいんだか」

「変わり者だよねえ」

一同は頷き合った。

さらに忍谷は、南八丁堀へ足を向けた。茂助の博奕仲間だった、艾の振り売り金助を捜した。

前に会ったときは賭場のことを訊いた。そこから岡下欽十郎を割り出すことができたが、茂助の暮らしぶりについては聞いていなかった。志満造とも会っていたら、これまで耳にしていなかった新たなことも知ることができるかもしれない。

「艾売りを見かけないか」

と何人かに聞いて、天秤棒を荷った金助と出会うことができた。

「五十代半ば過ぎの大工職人で、志満造という者と会っていないか」

茂助との関わりとした上で、まずそこから尋ねる。胃の腑を病んでいるかもしれないと伝えた。

「会ったことはねえが、胃の腑に病がある大工職人のことは聞いたことがある」

金助は答えた。茂助と飲んでいたときに、この辺りにいい医者がいないかと訊かれた。

「ちと銭はかかるが、近くに評判のいい医者がいると教えてやったんだ。行ったかどうかは知らねえが」

霊岸島富島町《とみしまちょう》一丁目の戸村松庵《とむらしょうあん》なる医者だという。歳は四十前後で、若い頃長崎《ながさき》で修業をした蘭方医だそうな。伝えたのは、一月前くらいだった。

次に忍谷は、茂助の暮らしぶりについても訊いた。これまでの聞き込みでは、親しい者の名は金助しか挙がっていなかった。

「女はどうか。好いた娘はいなかったのか」

二十代半ばなら、そういう者がいてもおかしくはない。

「そんな話は聞かねえが、通い詰めていた女郎はいたぜ」

にやりと笑った。

「ご執心だったわけだな」

「まあ。請け出したいとか言ってましたがね」

「どこの誰か」

「深川大新地《だいしんち》の花ゆらてえ見世で、女の名は汀《なぎさ》とかいったような」

花ゆらへは、何度か一緒に登楼したことがあるとか。女郎の名は、何度も茂助が口にしたので覚えていた。

聞き終えた忍谷は、まず富島町の医者の戸村を訪ねた。立派な構えで、金のありそうな医者に見えた。近所で評判を聞く。

「腕はいいですよ。でもね、他の医者よりも高い」

身分は武家で、いくつもの旗本家や大店に出入りしている模様だ。

四半刻待たされたが、面会できた。

「志満造ならば、やって参ったぞ」

よく覚えていた。四角張った顔で浅黒い。生気のある者だった。

「胃の腑にしこりがある。痛みも強いようだ」

「どうなりますかな」

「だいぶ進んでいる。すぐにも加療と養生が必要だろう」

放置すれば、動けるのはせいぜいあと半年で、寝たきりになって衰えるとの話だった。治療薬と痛み止めを処方したとか。

「痛みは、ずいぶん前からあったのではないか」

「では病の重さについては」

「はっきり伝えてはいないが、気づいているであろうな」

「なるほど」

自棄《やけ》になっていれば、押し込みも殺しもするだろう。弱気になれば、捨てた娘に会いたいと思うかもしれない。

勝手なやつだとは思うが、追いつめられているのは確かだと感じた。

「そのあと、顔を出していますか」

「一度来て、薬を与えた。三、四日前にはなくなっているから、来てもいいはずだが姿を見せていない」

生きていなければ、来ることはできない。焼死体が志満造のものならば、当然だろう。

そこへ来客があった。網原三雪だった。

「まあ、忍谷さま」

三雪は、忍谷の義理の祖母朋が凜之助の妻女にと縁談を勧めたがっている娘だった。妻女の由喜江から聞いていた。

「どうしてここに」

少し驚いたが、戸村は小石川養生所の医長小川承舟《おがわしようしゆう》と共に医術を学んだ者と分かった。三雪は小川に頼まれて、養生所の薬園《やくえん》で採れた薬草を届けに来たのだった。きりりとした態度物腰だが、恥じらいもあって爽やかだった。

「忍谷さまこそ、何ゆえここに」

下手人とおぼしい者の一人が、戸村にかかっていたことを伝えた。

戸村屋敷を出た後で少しの間、二人で歩いた。

「凜之助さまが関わっていた事件と、忍谷さまの一件が重なったとか」

父の善八郎も南町奉行所の同心だから、手掛けている調べのあらましを耳にしているらしかった。

「うむ。難しい探索だ」

そもそも現れた焼死体が何者なのか、それさえ明らかになっていない。

「出仕して間のない凛之助さまは、ご苦労ですね」

「まあ」

三雪は神妙な面持ちだ。

「何だ。案ずるのは凛之助の方か」

と返事が出かかったが、それは呑み込んだ。

「無事にお役目を果たしていただきたく存じます」

世辞ではなく、心底そう思っているようだ。それが恋情であるかどうかは分からないが、三雪の優しさだと感じた。しっかり者で落ち着いている。凛之助の気持ちは知らないが、似合いではないかと忍谷は思った。

「うむ。凛之助には、伝えておこう」

「忍谷さまも、どうぞお気をつけになって」

世辞も忘れてはいなかった。

金は出さないという庄太郎の案を受け入れた庄左衛門は、すっかり気力をなくしたかに見えた。お品は仏間にへたり込んだまま、ずっと泣いている。

三

庄太郎は商いの綴《つづ》りに目を通していた。気持ちに揺れがないわけではないだろうが、吹っ切ろうとしているようだ。客が来ると店先に出て、自ら相手をした。ただお愛想で浮かべる笑顔が、ぎこちない。

そのとき、台所口から岡っ引きの豊七が姿を見せた。

「川浦屋を探っているらしい深編笠の浪人者がいます」

「やはりな」

手先の一人が気づいた。何かをするわけではないが、町内を行ったり来たりしている。日頃は、見かけない者だ。

「あのお侍だが、声掛けをされたりはしていないか」

目立たぬように豊七が周辺で聞き込むと、隣の店の女中が問いかけをされたことが分かった。

「定町廻り同心の出入りが多いが、何かあったのかと聞かれたそうです」

隣の女中は浪人者を怖いと感じて、お咲が攫われていることを話してしまったとか。

「他には」

「今朝になって、庄左衛門が血相を変えて店を出たことなどだとか」

「金策に出たと考えるであろうな」

浪人者はそれで立ち去った。

「周辺の者は、事件を知っている。界隈で下手な動きはできないと、悟ったであろうな。また金策に出たのならば、金子を用意すると踏んだだろう」

三百両はできていないが、そう思わせておくのは、こちらにはまずくない。

やり取りの中で、浪人者は深編笠を持ち上げたので、顔が見えたとか。歳は三十代前半くらいだったと女中は話した。

「今も近くにいるのか」

「一時姿を消していましたが、また現れました」

「よし。泳がせてから、後をつけよう」

凜之助は豊七と共に、台所口から敷地の外へ出た。

「あいつです」

豊七は、町木戸の近くに立っている深編笠の浪人者を指さした。立ち姿を見ただけでも、荒んだ気配と隙のない様子が窺えた。四半刻ほどの間、商家の品を見、手に取るなどして、さりげない様子で町内を歩いていた。

「あっ、ごめんなさい」

何かに気を取られた子どもがぶつかっても、苦情は言わなかった。

「気を付けてまいれ」

優し気な対応だった。改めて川浦屋の様子を窺って、それから堀江町を離れた。凜之助がつけてゆく。豊七は、他にも賊はいるので残した。

深編笠の浪人者は、東堀留川河岸を日本橋川方面に向かって歩き、親仁橋を過ぎたところで左折した。銀座の横、元大坂町《もとおおさかちょう》の脇の道に出た。人通りは少ない。

そこで立ち止まると、振り向いた。

「なぜつけてくる」

侍は言った。低いが、力のこもった声だった。

「岡下欽十郎殿ではないか」

凜之助は言ってみた。深編笠で顔は見えないが、体に微かな動揺があったのは見て取れた。初めて賊の一人と出会ったと思った。捕らえてしまおうと考えた。

「知らぬな、そのような者は」

行ってしまおうとした。

「待たれよ」

呼び止めた。声に力が入った。

「その方に用はない」

「番屋まで、ご足労いただこう」

「何のためにだ」

「伺いたいことがござる」

逃がさない覚悟だ。逃げれば追うし、刀も抜ける体勢だ。

「何を申すか」

相手の全身に、殺気が漲《みなぎ》った。刀を抜いた。素早い動きだ。

「やっ」

斬りかかってきた。それで浪人者が岡下だと確信した。肩先を狙う一撃が振り下ろされてきた。凜之助は抜いたばかりの刀で、これを払った。

鎬《しのぎ》と鎬が擦れ合ったが、次の瞬間には敵の刀身が離れて、動きを止めぬまま肘を突いてきた。動きに無駄がない。

凜之助は横に飛んで、切っ先を撥ね上げた。そのまま小手を打とうと刀身を突き出したが、敵の体は目の前から消えていた。

切っ先は空を突いただけだった。

そして横合いから刀身がつき出された。今度は二の腕を狙ってきた。これは下へ払った。

再び小手を打とうとしたが、逃げられた。敵は攻めるのにも身を引くのにも、躊躇いがない。正当な剣術を学んだとは思えないが、喧嘩剣法としては見事だった。休まずに次の太刀を繰り出してくる。

力としては互角だが、なかなかに大胆だ。どちらかというと、凜之助の方が押され気味だ。喧嘩剣法は、次に何が繰り出されるか見分けにくい。

「たあっ」

改めて肩先を狙う一撃が飛んできた。これを撥ね上げながら、前に踏みこんだ凜之助は、切っ先で敵の深編笠に斬りつけた。

ばさりと音がして、深編笠の前が割れた。それで相手の顔がはっきり見えた。相手は、わずかばかり狼狽《うろた》えた気配を見せた。

凜之助はさらに前に踏みこんで、目の前にある肩先に突きを入れた。相手は後ろへ飛んだ。逃げたのではない。次の攻めのために、体勢を整えたのだと考えた。

そこで刀身を振り上げながら前に踏み出した。

このときだ。近くから声が上がった。

「たいへんだ。斬り合いだ」

通りに人通りが少ないが、ないわけではなかった。怖れで身動きできず、呆然と立ち尽くしているだけの者もいたはずだが、それだけではなかった。こちらは黒羽織で、相手は深編笠だ。

誰でも、浪人者が賊だと思うだろう。

相手は身を引いたまま、背後の道へ駆け出した。

「待て」

凜之助は追う。やっと出会えた賊だが、逃げ足は速かった。負けずに追いかけた。間が徐々に縮まった。

「もう少しだ」

けれども横道から、米俵を満載にした荷車が現れた。駆けて来た抜身の刀を握った侍と出くわした。

「うわっ」

荷運び人足が、驚きの声を上げて動きを止めた。浪人者は俵にかけている縄を、手にあった刀で切った。

「おおっ」

たくさんの米俵が、道に転がり落ち道を塞いだ。勢いづいた米俵が、凜之助の足にぶつかりそうになった。慌てて避けた。その先にも、米俵が転がってきた。

ちょうど居合わせた女児に、勢いのついた米俵が当たりそうになった。凜之助は子どもを抱き上げて飛びのき、難を逃れた。

「怪我はないか」

「はい」

驚いた様子だ。肘に擦り傷があったが、それだけで済んだ。

浪人者を追いかけることは、できなかった。

四

三雪と別れた忍谷は、永代橋を東へ渡った。大川の河口越中島《えっちゅうじま》の大新地を目指した。

目の前に江戸の海が広がる。曇天の空の下に、佃島が霞んで見えた。風が強くて冷たい。忍谷はぶるっと背筋を震わせた。

大新地は、海に近い花街だ。女郎屋だけでなく、酒を飲ませる店なども並んでいた。女郎屋花ゆらは、すぐに見つかった。界隈では、まずまずの構えの見世だ。そろそろ昼見世が始まるからか、女郎たちは化粧を済ませていた。

「いったい、何の御用ですかね」

おかみは、定町廻り同心の訪問を迷惑がった。これからひと稼ぎしようという直前だから、町方役人など疫病神に見えたのかもしれない。

しかし忍谷は、かまわず女郎の汀を呼び出させた。

現れたのは二十一、二歳とおぼしい女で、濃い化粧をしているとはいえ鼻筋が通っていて、器量はよかった。白粉のにおいがする小部屋で、おかみを含めた三人で向かい合った。部屋の隅に、姫鏡台が置かれている。

「鉄砲洲に住む茂助を知っているな」

「ええ、あたしのお客さんです。店を構えていて、下駄を売る商いをしていると言いました」

七、八か月くらい前から、月に四、五回は来ていたという。金に困っている様子はなかった。

「ならば馴染客といっていいな」

「そうですね。心付けも貰いました」

「どんな話をしたのか」

「下駄商いの話です。仕入れのこととか、やって来るお客さんのこととか」

「そうか」

下駄の歯入れをして町を廻っているとは話さない。こういうところへ来れば、男は見栄を張るだろう。嘘つきと責めるわけにはいかない。売る方も買う方も、嘘にまみれた世界だ。

「まだ独り身で、あたしと添いたいって」

「そういうことを口にする者は多かろう」

「何人もいましたけどね、あの人は違うと思った」

それを聞いて、茂助が汀を身請けしたいと金助に話していたことを思い出した。茂助はこれまでに盗んだ銭を持っている。

「本気だったのか」

「そうだったと思います。あたしも、下駄屋のおかみさんになりたかった」

「ではちゃんと、身請けの話が出ていたのだな」

「ええまあ。そういうことにはなっていました」

浮かぬ顔だった。苦界《くがい》から足を洗えるというのに、喜びや弾みといったものがない。

茂助の正体を知っていれば別だが、まだ知らないはずだった。

「とはいえ、金がなくてはならないぞ。用意ができるのであろうか」

と言ってみた。

「前金を貰いました。六両です」

おかみが答えた。

「ほう」

なかなかの金高だ。それならば見栄を張ったのではなく、本気だと感じた。

「それはいつのことだ」

「二月の、一日でした」

増本屋へ押し入る直前と言っていい。それで他の話があっても、他の者には身請けさせないという段取りになった。

「他からも、話があったのか」

「前金を貰うまでにはなっていませんけど、そういうことを口にするご隠居さんはいました」

だから茂助は慌てたのか。汀は器量よしだし、男を喜ばせる態度や物言いができる者ならば持てたかもしれない。残りは二十四両だとか。

「払えると言ったのだな」

「借りる目当てがあると言っていました」

増本屋へ押し込む企みはできていただろう。

「残りは、いつまでに払うのか」

「うちとしては、いつまでも待つわけにはいきません」

「期限を区切ったわけだな」

「そうです。それまでに払えなければ、前金はいただいた上で、この話はないものとさせてもらいます」

おかみは、当然だという口ぶりで答えた。

ずいぶん女郎屋に都合がいい話だと感じた。だがそれを呑んで六両を出したのは、茂助にそれだけの覚悟があったと受け取れる。

ならば茂助は、必ず花ゆらへ姿を見せる。

「期日はいつか」

その日まで、ここで張ればいいと考えた。茂助だけでも捕らえることができれば、新たな展開になる。

「それが、昨日なんです」

「何だと」

意外だった。話の流れでは、金を持って来ると考えた。増本屋への押し込みはうまくいった。九十一両を奪ったのだから、三人で分ければ汀を請け出すことができるだろう。他の二人よりも取り分が少なくても、そこは何とかするはずだ。

汀の浮かない顔の意味が分かった。

「来ない理由が分かるか」

「分かりません。六両も出したんですから」

汀は目に涙を浮かべた。できれば隠居ではなく、若い茂助に請け出されたいところだろう。

「今から来たら、二十四両ではなく、三十両いただきますけどね」

おかみは躊躇いのない顔で言った。女郎の気持ちなど斟酌《しんしゃく》しない。

「そうか、来なかったのか」

忍谷には、来ない理由が一つだけ浮かぶ。生きていない場合だ。南飯田河岸の小屋に残された焼死体が、茂助の場合である。

茂助は、最低でも二十四両が必要だった。さらにこれからの暮らしや商いについて考えたら、三十両以上を欲しいところだ。

「分け前で揉めたのか」

金は、誰もが欲しい。岡下も志満造も、簡単には引かないだろう。押し込む方も命がけだ。盗賊たちに、仲間割れがあったことになる。

そうなると平助と志満造は生きている。

五

「くそっ」

岡下を逃がしてしまった凜之助は、奥歯を嚙みしめた。女児にけがをさせなかったのは幸いだが、せっかくの好機だった。転がる米俵が恨めしかった。

「誰でもいい、一人でも捕らえることができれば」

そう考えたが、うまくいかない。

川浦屋では、金を出さないと決めた。次に何か告げて来たときが、捕らえる最後の機会になる。しくじれば、お咲は取り戻せない。

何が起こるか分からないから、できる限りのことをしておきたかった。

「今からでも何かできないか」

そう考えながら歩いていると、日本橋川の行徳河岸に近いあたりに出た。対岸は箱崎町となる。

酉吉が艪を握って客を送った船宿笹屋が川の向こうに見えた。船着場に、客を乗せる舟が停まっている。前に話を聞いた初老の船頭の姿があった。

そこで凜之助は、立ち寄ってみることにした。酉吉について、船宿の者があれから何か思い出していたら大助かりだ。潜んでいそうな場所の見当がつけば、お咲を救い出せるかもしれない。

「これは旦那」

向こうから声をかけて、近づいてきた。

「これからお奉行所へ伺おうと、おかみと話したところです」

「何があったのか」

「酉吉が乗って逃げた笹屋の舟ですがね、昨日見かけた者がいました」

「同じ船だな」

一気に心の臓が高鳴った。

「そう、知らされました」

西吉が艪を握っていた舟は、船頭を含めて乗れるのは五、六人までのものだという。笹屋が二年ほど前に、客を乗せるために手に入れた。以来西吉が漕いできた。

「見たのは誰か」

「日比谷町で豆商いをしている九十九屋《つくもや》の番頭です」

八丁堀界隈だから、凜之助は九十九屋の番頭を知っていた。詳しいことはそちらから聞いた方が早いので、すぐに八丁堀日比谷町へ向かった。

豆問屋の番頭は帳場にいたので、すぐに話を聞くことができた。

「昨日、向島《むこうじま》界隈の百姓家へ、豆の買い付けに行きました。帰りに大川橋東詰め下の船着場から停まっていた猪牙船《ちょきぶね》に乗りました」

乗り合いで、霊岸島の酒問屋の番頭なども一緒だった。

「その下ってゆく舟から見たわけだな」

「そうです」

「西吉が漕いでいたのか」

「いえ、違う人でした」

「ならばどうして酉吉の舟だと分かったのか」

「形が同じで、船端にぶつかって擦れた傷がありました」

船宿笹屋は使ったことがあるので、酉吉のことは前から知っていた。

数日前に酉吉は、日本橋川で他の舟に追突されて怒っていた。河岸道を通りかかった番頭はその場面を見ていた。

「初めは気がつかなかったのですが、舟が擦れたときに傷ができたんです。目につく傷でした」

その折できた傷痕の形は、まだ覚えていた。

「すれ違ったとき、声をかけたのか」

「いえ。すぐに行ってしまいました」

声をかける間もなかった。船頭は、見たこともない者だった。

「その舟には、他に誰か乗っていたか」

「深編笠を被った、荒んだ感じの浪人といったお侍が乗っていました」

昨日の夕刻前だ。すぐに知らせようと思ったが、店で仕入れの報告などをして、伝えるのは今日になった。

「漕いでいたのは、どのような者だったのか。歳など、分かるであろう」

「笠を被っていました。はっきりはしませんが、体つきが西吉とは違いました」

毎日のように会っているわけだから、間違いはなさそうだった。

「場所はどこか」

「浅草川の東河岸に近いところです」

御竹蔵《おたけぐら》の入り堀よりも、やや川上あたりだと付け足した。

「舟は、川下から来たわけだな」

「そうです」

「どこへ向かったのか」

「川上に向かっていたのは間違いありませんが、ずっと目で追っていたわけではないので」

西河岸は御米蔵《おこめぐら》の首尾の松あたりになりそうだが、そちらに向かう気配はなかった。川浦屋を探って戻ってきて、東河岸のどこかへ行こうとしていたことになる。

「ただ艀に落ちませんねえ」

と番頭は首を傾げた。

「何がだ」

「西吉さんは、とてもあの船を大事にしていました。ですからぶつけられて船端に擦れた跡ができたのを、とても怒ったのです」

「なるほど」

「艪は、誰にも握らせなかったと聞いています。笹屋の老船頭にもです」

船宿へ奉公して、初めて一艘を任された。

「それが他の者に漕がせている。おかしい、というわけだな」

「まあ、盗んでしまったわけですから、もうどうでもよいのかもしれませんが」

「たまたま使わせただけではないか」

「いや。舟を出すならば、酉吉さんが漕ぐんじゃないでしょうか。扱い慣れているわけですから」

「それはそうだが」

何であれ、豆問屋の番頭から聞いた話は大きかった。

豆問屋を訪ねた成果はあった。岡下や酉吉らは、浅草川の東河岸で御竹蔵よりも川上の隠れ家にいるという見当になる。

ただそうなると、あまりにも広い。本所界隈の先、向島あたりに行ったかもしれなかった。

川浦屋へ戻ろうとして歩き始めたところで、凜之助は手拭いを姉さん被りにして道に水を撒《ま》いている娘がいるのに気がついた。

「ああ」

質屋三河屋の店の前だった。

「これは凜之助さま」

こちらが声をかける前に、向こうが気づいた。手を止めて、歩み寄ってきた。

「精が出るな」

「いえいえ。凜之助さまはどうしてここに」

驚いた顔になって言った。

「いや、れいの事件の調べでな」

「あの後、どうなったのでしょうか」

案じ顔になった。お咲は駆け落ち前に、簪と庖丁を三河屋へ質入れしていた。その話を、わざわざ伝えてもらった。

凜之助は、ここに至るまでのおおよそについて話した。お麓と話をするのは、嫌ではなかった。話すことで、頭の中を整理することができる。

聞き終えたところで、お麓は言った。

「船頭さんが舟にこだわるのは当然だと思います」

「それはそうだ」

「ただ今となっては、どうでもよくなったのかもしれません」

笹屋の舟にこだわる必要がなくなったということだ。

「そうかもしれぬ」

船宿の船頭には戻れない。お麓と同じ考えは、凜之助にもあった。だから舟を西吉が漕いでいなかったことについては、聞き流していた。

「でももし、仲間割れして殺されていたら漕げませんね」

と続けられて、凜之助はどきりとした。これも豆屋の番頭から聞いて、考えたことだったからだ。

六

お麓と別れた凜之助は、川浦屋へ足を向けた。夕暮れ時にはやや間があるが、そろそろ賊たちから何か言ってきそうだった。

雲の間から、西日が差した。朝からの風が収まってきたのは幸いだった。

台所口から、店に入った。賊からの文は、まだきていなかった。豊七には、岡下を確かめたが逃がしてしまったことを伝えた。

「他にも、見張っていたやつが、いるかも知れませんね」

庄左衛門は朝の内に金子の調達に出たが、川浦屋としては受け入れられない提案をされた。庄太郎の意見を入れて、金子の用意をあきらめた。その後は、動く気力をなくしていた。

「ずっと、引き籠ったままですぜ」

豊七が言った。庄太郎が商いに精を出している。

そこへ、忍谷が戻ってきた。まず聞き込みの結果を聞いた。

「志満造は、治る見込みのない重い病に罹《かか》っていたわけですね」

「そうだ。動きも鈍くなっているであろう。邪魔だとして鑿を取り上げられ、ぶすりとやられたか」

一人減れば、分け前は増える。

「大新地の花ゆらに、来なかった茂助も気になりますね」

「押し入った三人の中では、茂助が一番金を欲しがっていた。女の身請けをするつもりだったからな。すぐにも分け前を手にしたかっただろう」

「勝手な真似をして、殺られたかもしれません。奪った金箱を持ち逃げしようとしたら、許されない」

いろいろな場面が考えられる。

ここで凜之助も、酉吉について聞き込んだことを伝えた。

「岡下を取り逃がしたのは惜しかった」

まず忍谷はそう言った。

「まったく、悔しいです」

「やつらの隠れ家が、浅草川の東にあると知れたのは大きい」

「はい。ただ今から探すのは、無理でしょう」

「そうだな、広すぎる。もう少し場所を絞りたいな。また酉吉が艪を握っていなかったのは、何故であろう」

「何かあって、酉吉が殺されていたならば漕げません」

お麓が口にしたとは告げないで、凜之助は言ってみた。忍谷は否定しない。

「そうなると、あの燃えた小屋の焼死体は誰か、ということになるが」

「平助か志満造かと思いましたが、そうではないかもしれません」

誰であっても、おかしくない。

「お咲ではなかろうがな」

同感だが、こうなるとどうか分からない。はっきりしているのは、岡下ではないということだけだ。

それから思い出したように、忍谷が言った。

「そういえば、途中で網原三雪殿と会ったぞ」

「さようで」

「その方の身を案じておった」

「はあ」

事件について、話をしたことがある。案じられて嫌な気持ちはしなかった。ただ返答には困った。

「あの娘、なかなか良いではないか」

と言われて戸惑った。その通りだとは思うが、返事のしようがない。

昨夜と今朝に、朋と文ゑから嫁取りの話を進めるようにと告げられていたことを思い出した。

暮れ六つの鐘が鳴った。すでに川浦屋の店には、明かりが灯されていた。小僧が、店の戸を閉め始めた。

そのときだ。川浦屋の手代が声を上げた。

「文がきました」

今度文を運んできたのは、五、六歳の青洟《あおばな》を垂らした男児だった。ちびた下駄で、着物は垢《あか》だらけだった。

「おじさんに飴を貰った。堀江町の川浦屋へ持って行けと言われた」

口にしたおじさんなる者は、すでにこの近辺にはいないだろうと思われた。庄左衛門が奥から飛び出してきて、もどかしそうに文を開いた。

二枚重ねになっていた。凜之助と忍谷は覗き込んだ。

『町奉行所の者は　すぐに店の表通りに出し　引き上げさせろ』

まず一枚目はそうあった。二枚目を開く。

『町奉行所の者を出したら　庄左衛門は一人で金を持ち　江戸橋から舟に乗れ　川浦屋の屋号のついた提灯を持て　新堀川《しんぼりがわ》を経て豊海橋《とよみばし》下に出よ』

記されているのは、それだけだった。舟から下りろとは、指図していなかった。

「おれたちを外して、船上で金を受け取ろうという腹だな」

忍谷が憤りのこもった声で言った。船上での受け渡しは、想定していなかった。

「ど、どういたしましょう」

庄左衛門が呻いた。すでに三百両分の大きさの石を白紙に包んでいる。

「それを持って、舟に乗るしかないでしょう」

庄太郎が言った。

「私一人ですか」

庄左衛門が、怯えた顔で言った。

「それでも、お咲を返せばいいのですか」

と続けた。

「おれと体つきの似た奉公人に、黒羽織を着せる。おれは庄左衛門が乗る舟の船頭になろう」

凜之助は言った。

「おれの黒羽織を使うがいい。おれは豊海橋下に、舟を伏せる」

忍谷が続けた。さらにもう一艘、岡っ引き豊七が乗る舟も伏せる。

「それで済むでしょうか」

庄左衛門が、半泣きの声で言った。庄太郎は声も出せない。

「賊は、私が持つ提灯を目当てに近づいてくるわけですね」

「そうなるだろう。やつらが大事なのは、金子を受け取ることだ」

「いかにも。こちらは賊を捕らえ、お咲を取り返すことだ」

忍谷の言葉に、凜之助が応じた。そして付け足した。

「もしお咲を連れてきていなかったら、金を渡してはならぬ」

「そのつもりです」

庄左衛門は、決死の形相だ。

凜之助はすぐに着替えをした。忍谷と黒羽織を着た手代、それに豊七が店を出た。

川浦屋には、配送用の小舟がある。忍谷と豊七が舟を用意する手間を考えてやや間を空け、凜之助と庄左衛門は東堀留川に舫ってある川浦屋の小舟に乗り込んだ。船首には屋号を記した提灯を立てた。

凜之助はあえて丸腰にしたが、刀は藁筵に包んで、豊七の手先に前もって舟に入れさせておいた。

「行くぞ」

艪に力を入れると、二人を乗せた舟は川面を滑り出た。

第五章　闇の入り堀

一

笠を被った船頭姿の凜之助が、艪を漕いだ。船首に川浦屋の屋号をつけた提灯を立てている。庄左衛門は見せ金の入った風呂敷を抱えていた。

両岸の建物に明かりが見えるが、水面は闇だ。船首にある提灯の明かりを頼りに、二人を乗せた舟は進んで行く。背筋をぴんと張って動かない庄左衛門の緊張が、凜之助にも伝わってきた。

豊海橋の下へ出た。その先には、大川の闇が広がっている。

対岸の町明かりが、小さく見えた。明かりを灯した舟が数艘見えるが、人の姿までは窺えない。

凛之助は闇に目を凝らした。たまに明かりを灯した舟が行き過ぎる。男の笑い声が聞こえた。吉原へ向かう舟か。

忍谷や豊七の舟があるはずだが、闇で見えない。気配も感じなかった。賊はなかなか現れない。

「こちらの企みが、知られたのでしょうか」

震えて掠れた声で、庄左衛門が漏らした。見せ金や捕り方が潜んでいることを、言っていた。

「やつらはそれを織り込んでいる。だから闇の船上での引き渡しを、指図してきたのだ」

凛之助が返した。

緊張して待つ時間は長い。さらに四半刻ほど待たされたところで、艪の音が近づいて来るのに気がついた。

闇の中から、黒い船影が現れた。

「ああ」

庄左衛門が、微かな声を上げた。こちらの船首にある提灯の明かりが、現れた艪を漕ぐ者と侍の姿を照らした。どちらも顔に布を巻いている。

「舟を進めろ」

どすの利いた声だ。

「お咲は、ど、どこだ」

絞り出すような声で、庄左衛門が言った。お咲の姿を見せなければ、金は渡さない。その決意が声にこもっていた。

「見ろ」

侍は龕灯に火をつけると、闇の中を照らした。するとそこにもう一艘の舟が現れた。そこに縛られ手拭いで猿轡《さるぐつわ》をされた娘の姿があった。

「お、お咲」

庄左衛門は叫んだが、龕灯の明かりは、すぐに消された。お咲の舟は、離れて行く気配だ。すでに闇の中に消えている。

「明かりを消して、ついてこい」

問いかけを許さない、冷酷な侍の声だ。こうなると、ついて行かないわけにはいかなかった。

庄左衛門は、船首の提灯に手を伸ばした。震えていて、うまくつかめない。やっとのことで、明かりを吹き消した。

凜之助は艪を漕ぐ手に力をこめた。暗いので、見失わないように細心の注意をした。すぐに永代橋を潜った。さらに川上に向かう。

闇の舟は、大川の東河岸近くに寄った。深川のどこかの川や堀に入るかと思ったが、それはなかった。油堀、仙台堀と行き過ぎた。

そして小名木川《おなぎがわ》の河口に迫った。

賊の舟が速度を緩めた。止まった場所は小名木川の河口で、北河岸に当たる柾木《まつさき》稲荷《いなり》下の船着場だった。

侍が舟から下りると言った。

「庄左衛門だけ、舟から降りろ」

ここで取引をするつもりらしい。侍は用意していた携帯の提灯に火を灯した。淡い明りが、覆面を照らした。

「お、お咲は」

「金を受け取り次第、返してやる」

金子を確かめてから、返すという意味だ。提灯は、そのための明かりだろう。

ここで凜之助は、固唾《かたず》を呑んだ。庄左衛門が持ってきたのは、指定された三百両ではなく紙に包んだ石だからだ。気づけばお咲だけでなく、庄左衛門まで殺してしまうかもしれない。

凛之助は船底に置いてある刀を手に取り、鯉口《こいぐち》を切った。いつでも船着場に上がれる体勢を整えた。

ここで庄左衛門は風呂敷包を解いた。

「金は、二百両しか、作れなかった。こ、これで娘を返してくれ」

懇願といった口調だ。凛之助は魂消た。庄左衛門は石ではなく本物の小判を持ってきたのだった。

石ならば、必ず殺されると察してのことだ。

父親の、娘への情だ。三百両は揃わないにしても、娘を切り捨てることはできなかった。庄太郎には言っていない。自身の判断だろう。

「よし。それだけでもよこせ」

侍は驚かなかった。腹を立ててもいない。察していたようだ。

「娘は」

「まずは金を受け取ってからだ」

侍は提灯を下に置くと、金を受け取るために前に出て手を伸ばした。しかし庄左衛門は後ろに下がった。

「お、お咲が、ここにいない」

引き換えでないと、渡さない覚悟だ。

「騒ぐな」

侍は苛立った。刀を抜いたのは脅しかも知れないが、手間取るならば殺すつもりだろう。金を持って来ていることは確かめた。

ここで凜之助も、刀を抜いて舟から降りた。

その気配に気づいた侍は、顔を向けた。

「待てっ、岡下」

声を上げると、凜之助は打ちかかった。避けなければ、相手は斬られる。刀身と刀身がぶつかって、闇に金属音が響いた。

明かりは下に置かれた提灯だけだ。淡い明りの中で見る覆面の賊は、悪鬼そのものだった。

「負けるものか」

という気持ちになる。

一瞬離れた敵の刀身は、次の瞬間には首筋を狙う一撃になって迫ってきた。凜之助は斜め前に出ながら、これを払った。すると切っ先がくるりと回転して、次はこちらの二の腕を突いてきた。

これは上に撥ね上げた。

二度目の対決だから、相手の攻めの形が多少見えてきた。大きな動きはしない。動きを止めずに、接近して打ち込んでくる。

動きは早いが、一つ一つ凌《しの》いでいけば、必ず好機が巡ってくる。

次に来たのは、小手を狙う一撃だった。腕が前に出てきた。凜之助は切っ先を払って、逆に肘を突く動きに出た。

目の前に敵の腕がある。しかし一瞬にして、その腕が闇の中に消えた。

そしてまた切っ先が、こちらの肩先を目がけて突き出された。これも撥ね上げた。

凜之助はその動きを止めず、刀身を突き出した。

右手の甲を突く動きだ。

こちらも大きな動きはしない。相手は離れないことが分かっているから、それに合わせる動きをすればいい。

相手は身を引いたが、こちらの切っ先はそのまま前に出した。払われるかと思ったが、それはなかった。

このままなら突き出した切っ先は、右手の甲を突く。

それを避けるために、相手は体を横に飛ばした。凜之助の切っ先は、その袂を切裂いた。

徐々に、こちらの動きができるようになってきた。

そのときだ。船着場に一艘の舟が横付けされた。龕灯の明かりが、こちらを照らしている。

「盗賊め、ひっ捕らえてやる」

豊七の声だった。捜し出してきたらしい。船着場へ下りたのが気配で分かった。手先も同様だ。

だがここで、声を上げたもう一人の賊がいた。これまで手出しをしなかったが、侍の舟の艪を漕いできた者だと分かった。

「手を引け、そうでないとこいつの命はないぞ」

庄左衛門を羽交い絞めにして、匕首の切っ先を喉に突き付けていた。

争いは、徐々に分が悪くなってきた。新手の捕り方まで姿を見せた。それを受けての動きだろう。

「おのれっ」

凜之助は動きを止めた。豊七らも身動きができない。

二人の賊は、庄左衛門に刃を向けたまま、じりじりと乗ってきた舟に近づいた。そして乗り込んだ。

庄左衛門を乗せると艫綱を外した。一人が艪を握ると、舟は水面を滑り出た。船着場から離れて、闇の大川へ出た。

川上に向かってゆく。

「追えっ」

凜之助が叫ぶと、捕り方は二艘の舟に分かれて乗り賊の舟を追った。龕灯で賊の船尾を照らした。

舟の姿は微かに見えるが、手慣れた艪捌《さば》きでぐいぐい離されてゆく。船体が闇に呑み込まれてゆくようだ。

乗っている舟が流れのせいか上下に揺れた。かろうじて捉えていた船影が、それで見えなくなってしまった。

必死で目を凝らすが、もう闇に紛れて捜せない。

「くそっ」

庄左衛門を連れた賊は、どこへ逃げ込むのか。悔しい思いで、凜之助は闇を見詰めた。

西吉の舟を、御竹蔵の先で見かけた者がいた。その先に隠れ家があると踏んだが、場所は分からない。ただこうなると、捜してみるしかなかった。

「そのまま進め」

艪を握る豊七の手先に命じた。逃げた船影が見えないかと、凜之助は目を凝らした。

すでに龕灯の光が届かないところへ、逃げた舟は行ってしまった。

二

忍谷は、大川への河口付近の闇に潜んでいた。賊がどのような形で現れるかは分からないが、舟で来るのは間違いない。

逃げ道を塞ぐ態勢を取っていた。

じれったい気持ちで、待った。たまに姿を見せる、行き過ぎる舟に目を光らせた。

しばらくして、賊の舟が現れた。やり取りは聞こえないが、短い間、龕灯が闇の中の別の舟にいるお咲の姿を照らした。

「おおっ」

忍谷は出かけた言葉を呑み込んだ。庄左衛門の反応から、娘はお咲だと忍谷は判断した。

「あの船に近づけ」

龕灯の明かりはすぐに消えたが、場所は分かった。

お咲を乗せた舟は、どんどん離れて行く。金を取っても、人質を返す気持ちがない動きに見えた。

金と人質を引き換えにするかと思ったが、甘かった。激しい怒りが湧いた。

「逃がすものか」

忍谷の舟は、お咲が乗る舟を追って豊海橋下から離れた。

賊の侍や庄左衛門の動きには、目を止めない。お咲を奪い返すことだけを頭に置いていた。

それは、凜之助とも打ち合わせていたことである。

舟を漕いでいるのは、豊七の手先の中では一番の腕を持つ者を充《あ》てていた。

「見失うな」

お咲を乗せた舟は、永代橋を潜った。川上に向かっている。

闇に紛れそうになったが、賊の船頭は、艪の漕ぎ方がうまいとはいえなかった。

徐々に近づいた。

目を凝らした。夜目に強い忍谷である。逃げる舟に乗っているのは、船頭の他に縛ったお咲の縄尻を摑んでいる男を含めた三人だと分かった。

舟は大川の東河岸に寄せて行く。深川のどこかが隠れ家かと考えた。油堀と仙台堀を過ぎ、小名木川も通り越した。

舟は停まる気配を見せない。

両国橋《りょうごくばし》の手前まで行ったところで、腹を決めた。

「舟を近づけろ」

一間（約一・八メートル）ほどの距離になったところで、忍谷は龕灯に明かりをつけた。

「待て、逃げられぬぞ」

声を上げた。船頭はどきりとした様子で、艪を握る手を止めた。賊の二人は、顔に布を巻いていた。

忍谷の舟は、かまわず船首を賊の舟にぶつけた。がりがりと船端をぶつけると、船体が大きく揺れて水しぶきが上がった。

かまわず、陸際に押させた。

土手に船体が当たったところで、忍谷は抜いた刀を突き出した。賊はお咲の縄尻を摑んだまま、陸に上がった。船上では分が悪いと踏んだのだろう。

そして腰の長脇差を抜いた。

「このやろ」

陸に上がったばかりの忍谷に向けて、切っ先を突きかけてきた。こちらは二本差しだが、怖れてはいない。心の臓を狙った、鋭い一撃だった。

忍谷はその切っ先を斜め前に出ながら刀身で避けて、二の腕を打とうとした。容易いと思ったが、相手は体をこちらに回り込ませて避けた。

そして一瞬にして身を後ろへ飛ばした。見事な瞬発力と脚力だった。体がぶれない。足場を固めると、すぐに長脇差を構え直した。

数々の修羅場を潜ってきた者と思われた。侍とも、渡り合ったことがありそうだ。堅気暮らしをしてきた平助や酉吉ではない。志満造か茂助だろう。

「くたばれ」

改めて、肩先を目指して突いてきた。勢いのついた刀身の動きだ。油断はできない。

忍谷は前に出て払い上げた。

そのまま相手の肘を突いた。

腕はすぐに引かれたが、切っ先が皮膚の一部を掠った。血が微かに飛んだ。

とはいえ相手は、それではめげない。再度こちらの脇に回り込んできて、脇腹を刺そうと刀身を突き出した。

忍谷はこれを、あっさりと払った。さらに切っ先を突き出そうとしたので、それを横に払った。

そのまま小手を狙って、刀身を前に出す。相手はそれで身を引いた。

向こうが繰り出してくる手を潰して、徐々に追い詰めてゆく。

ここで賊は、横へ大きく体を飛ばした。呆然と立ち尽くしていたお咲の傍へ寄ったのである。

長脇差の切っ先を、お咲の心の臓に向けた。

「刀を捨てろ」

本当に刺しそうな怒りと気迫があった。今まで、賊なりに必死で忍谷に歯向かっていたのだろう。

「卑怯者」

「うるせえ」

忍谷は仕方なく刀を地べたに置いた。とはいえ、それで何もしないわけではない。

賊の隙を窺う。

「その同心を殺せ」

長脇差の賊は、艪を握ってきた仲間に声をかけた。じっとしているだけで、その賊は仲間へ助勢をしなかった。刃渡り七寸ほどの刃物を、両手で握っていた。

その刃先を忍谷に向けた。

「突き込め」

声が上がった。忍谷は身構えた。刀を拾えば、その間に突き刺される。

だがこのとき、向けてくる刃先が震えているのに気がついた。腹の座った賊ではないと察した。酉吉か平助か。

「おれを刺して、人殺しの賊の仲間になるのか」

叩きつけるように忍谷は言った。それで刃先の震えがさらに大きくなった。足が出ない。

「やれっ、どうせもう人攫いの仲間だ」

賊も声を上げた。苛立ちが混じっていた。

「お、おれは、攫ったんじゃねえ」

「うるせえ、さっさとやれ。でねえと、女の命はねえぞ」

「うわあっ」

叫んだ男は、振り向くと、そのまま長脇差の賊に突進した。追い詰められ、逆上したものと見えた。

「な、何をしやがる」

賊は慌てた。お咲を突き飛ばすと、一撃を払った。二人の争いだ。

この間に忍谷は地べたに置いた刀を拾った。だがこのとき、二つの体がぶつかった。

「わあっ」

「ううっ」

絶叫と呻き声が、ほぼ同時に上がった。すぐには動かない。ときが止まったようだ。

縺《もつ》れ合ったまま、二つの体が倒れた。

そして動かなくなった。

縛られたお咲が、倒れた二人の傍に駆け寄った。激しい口調で何か言っている。忍谷は縄と猿轡を取ってやった。

「この人は、平助さんです」

お咲は跪《ひざまず》き、目に涙をためて片方の体に手を触れさせた。濃い血の臭いが鼻を衝いてくる。

「しっかりして。死なないで」

叫びながら、体を激しく揺すった。けれども体は、がくがくと揺れるばかりだ。

手先が倒れた二人を龕灯で照らした。忍谷が手を鼻に当て、息をしているか確かめた。二人とも、すでに息絶えていた。

賊は長脇差を、平助は庖丁を握っていた。自分で拵え、持ち出した刺身庖丁だと察しられた。

「この庖丁で、その方を守ったわけだな」

忍谷が言うと、お咲は声を上げて泣き、遺体にしがみついた。滂沱《ぼうだ》たる涙だ。舟で逃げて、まだ数日のことだ。

そして南飯田河岸の焼死体は、当初平助ではないかと考えたが、そうではなかったことがはっきりした。

「この賊は誰か」

しばらくの間泣かせた後で、忍谷は倒れているもう一人の男についてお咲に訊いた。

「茂助という賊の一人です」

鬼気迫るほどの、恨みと憎しみの目を向けた。

「そうか。こいつがか」

となると焼死体は、酉吉か志満造となる。

「凜之助らはどうなったか」

豊海橋でのその後は分からない。気になったが、ここではどうすることもできなかった。

三

凛之助が乗る舟は、逃がした庄左衛門を乗せた岡下の舟を追うために、大川を遡《さかのぼ》った。龕灯で川面や土手を照らし続けている。

「はて、あれは」

明かりを灯さない舟があったので、漕ぎ寄った。龕灯で照らすと、乗っていたのは若い男女だった。そのまま行かせた。

何もないまま、両国橋を潜った。

御竹蔵の入り堀を過ぎても、目当ての舟は探せなかった。

「見過ごしたのでしょうか」

並走してきた豊七が言った。何しろ闇だ。複数の目で見ていても見落としはあるかもしれないし、途中の川に入った可能性もあった。

「戻って、検め直しましょうか」

「そうだな」

豊七に言われて気持ちが揺れた。とはいえ日比谷町の豆問屋の番頭は、御竹蔵よりも川上で、深編笠の浪人者が乗る酉吉の舟を目にしていた。

「もう少し行ってみよう」

これまで聞き込んだ賊たちの住まいや動きについて、凜之助は振り返った。

まずは岡下だ。親の代からの浪人で、深川の口入屋で用心棒をしていた。そこではっと思いついた。

岡下について当たったのは忍谷だが、その内容についてはすべて聞いている。

「口入屋の前は、南本所石原町の倉庫で番人をしていた」

と思い出した。詳しい場所は調べ切れていないがこの先だ。

「そこではないですか」

豊七に話すと、目を輝かせた。

「よし。行こう」

それならばまだ先だ。途中にも光を当て、目を配りながら進む。

武家屋敷の先に、橋が現れた。龕灯で照らすと、そこが入り堀になっている。

「この入り堀の北河岸が、南本所石原町です」

豊七の手先の一人が、この辺りのことを知っていた。浅草川に沿って架かっている橋が石原橋だそうな。御竹蔵からここまでは大名や旗本の屋敷だったが、この入り堀の北側は町屋で、人の出入りの少ない鄙《ひな》びた場所だとか。

「入ってみよう」

できるだけ艪の音を立てないようにして、石原橋を潜った。

倉庫が何棟か並んでいた。

「あれではないか」

凜之助は呟いた。腹の奥が熱くなった。目の前に並ぶ倉庫のどこかで、岡下は倉庫番をしていた。勝手知ったる場所といっていいだろう。

岡下は、金を持っている庄左衛門を手に入れた。お咲を取り返すべく、忍谷が動いているはずだが、どうなっているか分からない。ただ確実に言えるのは、金を奪った後、賊たちにとって庄左衛門は不要な者になる。解放するならばいいが、殺してしまう虞《おそれ》もあった。

急がなくてはならない。もう迷っている暇はなかった。

「あの中のどれでしょう」

豊七が囁いた。小屋の一つ一つに目を凝らした。

番小屋があって、そこから明かりが漏れていた。ともあれ凜之助と豊七、そして手先二名は近づいた。

倉庫の前には、船着場がある。何艘かの舟が舫ってあった。その中の一艘が酉吉の舟のはずだが、今は調べられない。船端の傷など、どの舟にもあるだろう。形が分からなければ話にならなかった。

番小屋に近づいた。赤い魚油の明かりが灯っている。中の様子を窺ったが、老いた番人が一人いて酒を飲んでいるだけだった。

がっかりしたが、気を取り直して問いかけた。

「この入り堀に、つい今しがた舟が入ってこなかったか」

「さあ、入って来たような気もするが」

酔っていた。

「岡下欽十郎という浪人者を知らないか」

「そういえば、二、三か月前まではいたような」

「どこの倉庫だ」

「あの倉庫だね」

指を差された倉庫には番小屋はあったが、明かりは灯っていなかった。ここではないのかと思ったが、一応検めることにした。

足音に気をつけながら近づいた。倉庫に目をやった。物音はきこえなかったが、入口にごく微かな明かりがあるのに気がついた。壁を探ると、隙間があって微かな光が漏れてきた。

凜之助は目を当てた。燭台があって、火が灯されている。岡下と賊が一人、それに縛られた庄左衛門がいるのが分かった。

出そうになった声を呑み込んだ。

岡下ではない賊の顔は、隙間からは見えない。お咲らの姿はなかった。まだ戻っていないようだ。

「おかしいな、そろそろ戻って来てもいいはずだが」

岡下の言葉が聞こえた。お咲らのことを言っているのは間違いない。中の様子は、豊七にも覗かせた。

庄左衛門を引き離してしまえば、何とかなりそうな気がした。こちらは凜之助と豊七、それに舟を漕いできた手先の二人だ。

「おれが岡下を誘き出す」

囁き声で伝えた。凜之助が岡下、豊七がもう一人の賊、手先が庄左衛門を奪い取る役割だ。

「行くぞ」

音を立てぬように気を配りながら、戸口の前に出た。凜之助が倉庫の戸を開けた。

錠前は掛かっていなかった。軋み音がした。

何も言わない。ここで凜之助らは闇に身を隠した。

「おお、戻ったか」

岡下が明かりを手に外へ出た。お咲を乗せた舟がなかなか姿を見せないので、気になっていたようだ。

周囲を見回したが誰もいない。不審の面持ちでさらに船着場あたりに出た。そこで潜んでいた豊七らが倉庫内に駆け込んだ。

「何やつ」

戻ろうとする岡下の前を塞いで、凜之助は声をかけた。

「もう逃れられぬぞ」

刀を抜いた。

「おのれっ」

岡下も刀を抜いて、すぐに打ち掛かってきた。構える間もなく攻めるのが、岡下の喧嘩剣法だ。敵に心と体の準備をさせない。

三度目の戦いだから、凜之助はその手口が分かっている。喉を突いてきた一撃を、焦らずに刀身で払った。さらに角度を変えて、次の一撃が今度は二の腕を目がけて繰り出されてきた。

これは下から撥ね上げた。その動きは、刀身の角度を変える前に気づいた。相手には攻めやすい形だからだ。

凌ぎながら、攻めの機会を待った。

岡下の剣を舐めてはいなかった。わずかでも油断をすれば、矢継ぎ早に繰り出される切っ先が体のどこかに突き刺さる。息を抜けない。

とはいえ相手も命懸けだ。手を止めれば、反撃の剣が体を裁ち割る。

「とうっ」

新たな一撃が狙ってきたのは、こちらの肘だった。凜之助の体に回り込むような動きだ。全身で攻めてくる。

相手の切っ先が、間近に迫ってきた。

凜之助は刀身をぶつけて、そのまま押した。次の動きを封じるように、体を前に出して刀身を絡ませた。

がりがりと鎬が擦れ合った。

相手は離れようと身を引くが、そうはさせない。そのまま押した。それで岡下も、押し返してきた。

腰が入って、なかなかの膂力《りょりょく》だ。押せるだけ押させた。ただ岡下は力を入れるあまり、安定していた体が、前のめりになった。

凜之助はその一瞬を逃さない。

「やっ」

身を横に逸らしながら、刀身を外した。それで相手は体の均衡を崩した。休まず肩から胸にかけて、刀身を振り下ろした。袈裟《けさ》に斬る一撃だ。

「うわっ」

悲鳴が上がった。骨と肉を裁ち割る手応えが、手に伝わってきた。

倒れた岡下は、もうぴくりとも動かない。生け捕りにしたかったが、それはできなかった。

そして凜之助は小屋の中に駆け込んだ。庄左衛門がどうなっているか気になった。

「おおっ」

凜之助は驚きの声を上げた。目の前には思いがけない光景が広がっていた。初老の賊が、血を吐いて倒れていた。

斬られたり突かれたりしたのではない。

豊七は驚きを露わにして、呆然と立ち尽くしている。凜之助は傍に寄って、肩に手を当てた。賊は息をしている。顔が痛みに歪んでいた。

年齢からして、志満造であるのは間違いない。

志満造は胃の腑にしこりができていた。恢復の見込みのない病に罹っていたことは摑んでいる。

「無理をして、ここまで来たのだな」

「へい。争う前に、倒れやがった」

豊七は言った。そのままにはできない。これまでの事件について、証言をさせなくてはならない。

手先に、近所の者を呼ばせた。

すぐに戸板が運ばれてきた。これに乗せて、吉原裏手にある病人の囚人を入れる浅《あさ》草溜《くさため》に運ばせた。豊七がついて行った。

浅草溜は、重い病の罪人を収容する町奉行所の施設だ。

庄左衛門は無事だった。

「お咲はどうなったでしょうか」

我が身が助かった安堵よりも、そちらが気になるらしかった。

「金はどうした」

「そこにあります」

二百両は岡下に取り上げられたが、小屋に納められた醤油樽の上に置かれていた。

「他にもあるな」

金箱があって、中身を検めると九十両近く入っていた。増本屋から奪われた金子だと察しられた。

そこへ忍谷が現れた。

「おお、やはりここだったな」

忍谷も、岡下が南本所石原町にいたことを思い出したという。お咲は救い出され、すでに川浦屋へ運ばれたこと、茂助と平助が亡くなったことを知らされた。

「ありがたい。何よりでございます」

娘の無事を聞いた庄左衛門は、安堵の涙を流しながら言った。

「ということは、あの焼死体は酉吉だったわけか」

忍谷が呟いた。

四

岡下の遺体は町の自身番へ預け、凜之助と忍谷、そして庄左衛門は堀江町の川浦屋へ戻った。増本屋から奪ったと思われる金子は、忍谷があずかった。

途中の舟で、凜之助と庄左衛門は忍谷から、平助と茂助が相打ちになった模様を聞いた。無念の結果だった。

「そうですか。平助は最期に、己の身でお咲を守ったわけですね」

庄左衛門の口調に、恩讐《おんしゅう》はなかった。嫁ぎ先が決まった娘を、駆け落ちという形で奪った男である。

そのために融資が受けられる婚姻が壊れ、身代金まで要求された。形としては、その仲間になっていた。

しかし命を懸けて救ったことで、庄左衛門にしてみれば平助に対する怒りが薄れたのだろう。自分も、命を失うかもしれない淵に立たされた。

四つを告げる浅草寺の鐘が響いてきた。

川浦屋の敷居を跨ぐと、庄太郎が出てきた。

「おとっつあん、ご無事で何よりです」

強張った表情で言った。父親の手を取って握りしめた。

「金子も無事だった」

庄左衛門が重そうな風呂敷包みを手渡すと、庄太郎の顔に安堵の色が浮かんだ。ただそれは、満足とは違う。川浦屋は追い詰められ、庄太郎も苦渋の思いで過ごしていたのだと察した。

お咲は戻っても、消えかけている縁談がもとに戻るとは考えにくい状況だ。店の飛躍は遠のく。ただそれは、川浦屋の問題だった。

お品が出てきて、庄左衛門の顔を見て涙を流した。

「生きた心地がしなかった」

お咲は戻っても、庄左衛門が連れ去られては、心休まることはなかっただろう。夫婦で、お咲のいる奥の部屋へ入った。

無事を確かめ合ったはずだ。とはいえお咲には、悲しい結果になっている。

しばらく間を置いたところで、凜之助と忍谷は奥の部屋へ通された。そこには泣きはらした顔のお咲がいた。

「話ができるか」

凜之助が問いかけると、お咲は頷いた。

「まずは、庄左衛門に何もなくてよかった。そなたが賊徒の手から逃れられたこともな」

「はい。命懸けで助けに来てくれました」

それは分かっているらしかった。金を用意したことも、お品から聞いているだろう。

「お役人さまにも」

と付け足した。

「平助は、無念であった」

その言葉で、治まっていた涙がまた溢れ出てきた。手拭いを目に当てたまま、お咲は消え入りそうな声で言った。

「平助さんとは、添いたいと思っていました」

二人が大事にしていた簪と庖丁を質入れして路銀を拵え、家を出た。それなりの覚悟はあったはずだ。

「どこで平助と知り合ったのか」

老舗の娘と職人の見習いでは、普通ならば知り合う機会なぞない。

「出会ったのは西本願寺へお参りに行ったときで、私が石につまずいて転んだんです。

起き上がれずにいたところで、平助さんが手を貸してくれました」

「なるほど」

どこにでもありそうな話だ。ただお咲にとっては、大きな事件だったのだろう。礼の品を持って、お咲は平助を訪ねた。それが始まりだ。

気が合って、平助の仕事が終わったあとに逢うようになった。恋情が芽生えた。けれども見習い職人ではどうにもならない。

「おとっつあんから嫁に行けと言われたら、相手がだれであろうとも受け入れるしかありません」

お咲はそのつもりになって、夫となる越中屋の富之助を愛そうとした。平助をあきらめることにしたそうな。

「でも婿になるはずの富之助さんは、深川の芸者に入れあげていました」

「がっかりしたわけだな」

お咲がいなくなった直後、凜之助は川浦屋で富之助と顔を合わせた。お咲の行方不明を、どこか他人事としてしか捉えていないと感じた。

「おとっつあんと兄さんに芸者のことを話しましたが、遊びの女はじきに飽きると言われました」

「縁談をなしにしてほしかったわけだな」

「ええ。兄さんは、越中屋さんからの金子で、商いを大きくすることしか考えていませんでした」

そんなとき、思い余った顔の平助から一緒に逃げようと誘われた。平助はお咲の縁談を耳にして、覚悟を決めたのだ。あと二年半で礼奉公も終わり一人前になれたはずだが、それを待つことはできなかった。

庖丁鍛冶の腕があるから、どこへ行っても食べられると告げられた。

「それは平助さんの覚悟だから、嬉しかった」

「気持ちが、動いたわけだな」

「江戸から出るに当たっては、酉吉さんが力を貸してくれるという話でした」

「平助と酉吉は、駆け落ちについての話をしていたわけだな」

「そうだと思います。あの二人は生まれ在所が同じでしたから、仲良しでした」

「疑わなかったわけだな」

「平助さんが逃げようと腹を決めたのは、酉吉さんが背中を押したからです」

悔しそうな口調になった。

「南飯田河岸の小屋を捜したのは、私たちです」

西本願寺前で老婆を助け、あの場所へ行った。そこで見つけた。蠟燭や握り飯も用意した。

「とりあえずあそこで夜を明かし、遠方へ逃げようとしたわけだな」

「そうです」

「しかし西吉は、力にならなかった」

「小屋に入ってから、あの人は、川浦屋から金を取ろうと言い出しました」

「身代金として百両、それならば出せると見たわけだな」

そのような話を切り出されて、お咲も平助も驚いたに違いなかった。身代金だけ取って、二人は逃がすという話だ。もちろん、分け前として奪った半分を寄こすと言った。

「できないと断りました」

きりりとした口調だ。

「しかし西吉は、引かなかったわけだな」

「はい。初めからそのつもりだったようです。私たちも、お足が欲しいだろうと言いました。

西吉には、博奕の借金十五両があったが、平助らはそれを知らなかった。

「酉吉は、同意しなければ力を貸さないと返したのではないか」

「それどころか、このまま川浦屋へ連れ戻すとまで言いました」

「裏切られたわけだな」

お咲は唇を噛んだ。

「私も悔しかったけど、平助さんはもっとだったと思います」

すべてを失うことになる。

「あの人、持ってきた刺身庖丁を握ったんです」

持ち出した内の一本だ。

「許せなかったのだな」

「でも、すぐに奪い取られました」

逆上した平助では、腹を括《くく》っていた酉吉にはかなわなかっただろう。

「そこへあいつら三人が入ってきたんです。考えもしないことでした」

「やり取りを、聞いていたわけだな」

三人の中にいた侍は、返り血を浴びていた。刻限も刻限だった。荒んだすさまじい気迫といったものに押された。

「とんでもないことをしてきた、盗賊なのだと分かりました」

小屋にいた酉吉らは、息を呑んだ。

「その話、おれたちも乗ろうじゃねえか」

頭らしい侍が告げた。有無を言わせない強引さがあった。

「そこで酉吉は、刺されるような何かをしたわけだな」

「あの人、体を震わせていました」

「賊たちが絡んできたら、己の企みがうまくいかないと感じたからだな」

「はい。首尾よく身代金を取れても、その後ですべて奪われて殺されるかもしれません」

その怖れは感じただろう。今度は酉吉が逆上した。

この場から逃げようとしてしくじり、火のついた蠟燭を倒した。火は広げてあった藁筵に移った。

一気に炎が上がって、小屋の中は混乱した。

酉吉は落ちていた平助の庖丁を握って、小屋の出口を塞いでいた賊に襲い掛かった。しかしその賊は、懐に呑んでいた鑿で酉吉の腹を突き刺した。

酉吉は倒れ、手から離れた庖丁は賊の手に渡ってしまった。

そして小屋の炎は、もう消しようのないことになっていた。そうなると、逃げるしかなかった。

五人を乗せた酉吉の舟は、茂助が漕いで南飯田河岸から南本所石原町の小屋へ移った。岡下が指図をした。

「夜の川筋は、さながら三途の川を渡らされているようでした」

小屋に着いた後、平助とお咲は縛られた。賊たちのやり取りで、頭は侍の岡下、初老の賊が志満造、若い方が茂助だと知った。

「川浦屋への投げ文は、賊たちがやっていました」

詳細は知らされなかった。外へ出たのは岡下と茂助で、志満造が見張りをしていた。

「動くことは少なくて、いつも顰《しか》め面をしていました。今思うとあの人は、体の具合はよくなかったようでした」

お咲にも心中穏やかならざるものがある。今日の聞き込みはここまでにした。

五

翌朝、凜之助は忍谷と共に南町奉行所へ赴き、事の次第を年番方与力の飯嶋利八郎に伝えた。

「そうか。一人を残して、賊は死んだわけだな」

「さようで」

仏頂面で言う飯嶋に、忍谷が返した。大事件が解決した安堵や満足は、凜之助が見る限り飯嶋にはなかった。

「金が戻ったのは何よりであった。しかし首謀者を生け捕りにできなかったのはいかにも惜しい」

「……」

まるで落ち度のような言い方だったので、凜之助も忍谷も返す言葉が出なかった。

ふざけやがってと思っている。

「残った病人から、詳細を聞き取るがよい」

それで話は終わった。ねぎらいの言葉はなかった。伝えることが済んだら、さっさと去れと言わんばかりだった。

「あれでは、事が解決したことがまずかったようですね」

廊下を歩きながら、凜之助は不満を口にした。

「あやつにしたら、まずかったのであろうよ」

忍谷は冷ややかな口調で言った。

「何がまずかったので」

凜之助の不満は大きい。

「案件にしくじらせて、おれたちを牢屋敷の鍵役《かぎやく》同心にしようという腹だ。牢屋敷内だけでの役目だ」

「なぜそのような」

「町奉行所から追い払いたいのさ。鉄之助が関わった、神尾陣内や峰崎屋を洗われるのを嫌がっているのであろう」

伝通院修築での不正事件のことだ。飯嶋はやつらの一味だと見ていた。

「叩けば埃が出てくるというわけですね」

「そうだ。松之助殿を隠居させただけでは、心穏やかではないのであろう」

凜之助と忍谷の定町廻り同心としての役を解いてしまえば、動きを遮ることができる。牢屋敷鍵役同心では、動きが取れない。

「ふざけた話ですね」

「定町廻りも面倒だが、牢屋敷の鍵役は辛気臭い。いつか機会があったら、あやつを与力の座から引き摺り下ろしてやる」

神尾の不正事件を、洗おうという気持ちがあるのか。忍谷がそういうことを口にしたのは、初めてだ。

松之助は鳥籠造りに精を出している。しかし倅である鉄之助の不慮の死を、忘れていないのは確かだ。

「娘を無事に奪い返せたのは何よりだ。ご苦労であった」

昨夜、事件の解決を、松之助には伝えた。ねぎらってくれたのである。

今日になっても、浅草溜にいる志満造は意識を取り戻さないと知らせがあった。このまま死なれては、事件の詳細を知れないまま終わってしまう。焦りが湧いた。

お咲も現場にいたが、賊たちの事情や企みの詳細は聞かされていなかった。

翌日の昼過ぎになって、志満造が目を覚ましたと伝えられた。そこで夕刻前、凜之助は忍谷と共に浅草溜へ足を向けた。

「これは」

そこに三雪がいたので驚いた。

「いかがなされた」

凜之助は仰天して声をかけた。三雪は何事もない顔で答えた。

「ここには、凜之助さまが携われたたれいの一件の賊がいると、父上から聞きました」

「うむ」

「できることもあろうかと、参りました」

三雪は小石川養生所で医師の手伝いをしている。ここでも、医師の手伝いや看護などできることはあるはずだった。

「かたじけない」

そこで志満造の病状を聞いた。

「胃の腑の病は、だいぶ進んでいるようです」

ここ数日の無理も祟《たた》った。

「町の薬種屋から手に入れた鎮痛剤で、誤魔化していたようです」

「では、長くはもたぬのか」

「一月や二月ではないかもしれませぬが、半年一年はどうでしょう」

そこまで聞いてから、凜之助と忍谷は、三雪に案内されて志満造の病間へ入った。

声をかけると、病人は目を開けた。

「だいぶ、無理をしていたようだな」

「まあ、これが最後だと思ってな」

三雪にちらと目をやってから、志満造は続けた。苛立ったり腹を立てたりしている気配はなかった。

「あの娘は、よくしてくれる。先の短いおれのような悪党にもな。あんたが来たら、ちゃんと話せと言われたぜ」

薄く笑った。死罪になるのは間違いないのに、三雪は世話をしたということだ。

「増本屋を狙ったのは、金がありそうだったからだ」

志満造は日雇いの大工として、家屋の修繕で家の中に入ったことがあった。作業のために主人の寝所の前も通った。

岡下が伊兵衛を斬り捨てたのは、金箱を寄こすのを拒んだからだ。

盗みは初めてではない。これまで三人で組んでやってきた。南飯田町の小屋は、こちらの見込み通り、茂助が捜してきた。

「ところが、あそこへ行って魂消た」

「先客がいたわけだな」

「そうだ。しかもやつら、おもしれえ話をしていやがった」

当初は小屋で増本屋から奪った銭を山分けして、しばらくは江戸から離れるつもりだった。

「だがよ。濡れ手で粟の話ならば、捨て置くことはねえ」

「庖丁で歯向かってきた西吉は、おまえが鑿で刺したのだな」

「そうだ。言うことを聞けば、殺すまではしなかったがよ」

庖丁を取り上げた。刺した鑿も持ち帰ろうとしたが、そのときには炎が盛んになっていてできなかった。

「南本所石原町の小屋へは、岡下が連れて行った。あそこならば、捕り方の手が届かないだろうってな」

「お咲と平助は、縛って小屋に入れていた。茂助のやつは、平助を殺してしまえと言ったが、何かの役に立つと考えて、生かしておいた」

「それで最後のときは、舟を漕がせ庖丁を持たせたわけか」

「あいつは、始終怯えていやがった。目の前で、酉吉が刺されて殺されたからな」

「平助はお咲を守るために、その庖丁で、茂助と刺し違えたぜ」

「えっ」

志満造は仰天したらしい。

「そんな度胸が、あいつにあったのか」

「事が済んだら、殺されると分かっていたのではないか」

「まあ、そのつもりだったが」

「ならば助かる道は、茂助を刺すしかないと考えたのだろう」

窮鼠猫《きゅうそ》を嚙んだことになる。

「なら、残ったのはおれだけか」

「そういうことだ」

「じきにおれの首も、飛ぶんだろうが」

覚悟はできている様子だった。凜之助は、気になっていたことを尋ねた。

「茂助は、大新地花ゆらの女郎汀を身請けするつもりで、六両の前金を払っていた。増本屋の金が入ったので、請け出しに行けたのではないか」

「初めはそのつもりだったさ。だがよ、川浦屋から身代金を奪う話になった」

「女がいては、面倒だな」

「そういうことだ。ここは六両を捨てても、身代金を手にしてからの話にしろと、岡下が言ったんだ」

茂助は岡下に逆らえない。

「おれは仲間だったが、あいつは子分だった」

さらに思いついて凜之助は問いかけた。

「その方には、市谷ですでに所帯を持つ娘がいたな」

「さあ、そうでしたかねえ」

驚く気配はなかった。おたねの今の暮らしぶりを知っているのかもしれない。

「稼いだ金を、娘にやりたかったのではないか」

「あっしの金は、汚い金ですぜ。そんなもの、あいつは受け取らねえでしょう」

「受刑の後、そのことを伝えようか」

もう二度と会うことはできないが、気持ちは伝えてやれる。

「とんでもねえ。あいつん中では、おれなんざとっくに亡くなっていまさあ」

それで布団を被ってしまった。

六

その後、一人になった凜之助は、堀江町の小間物屋の娘お永を訪ねた。

手掛かりになる話を聞かせてもらった。すでにお咲が戻ったことは耳にしているだろうが、礼は言っておこうと思った。

差し障りのないところで、解決に至った経緯を話してやった。

「わざわざご丁寧に」

お永は恐縮した顔で言った。昨日、お咲には会いに行って来たそうな。

「目の前で、自分を守ろうとした人が死んだわけですから、まだまだ元のようにはなれないでしょうね」

「それはそうだろう」

「店から出て、近くにしもた屋を借りて、しばらくはそこで、おっかさんと二人で暮らすようです」

「なるほど。店からは離れた方がよさそうだな」

店のためにという、気持ちの進まない祝言が発端だった。見捨てるかに見えたが、庄左衛門は石ではなく二百両を持ち出した。そして今は、揺れた心を穏やかにしてやろうとしているらしかった。

「あの人、やっぱりお咲さんのこと、好きだったんだと思います」

酉吉のことだ。お永はそれらしい話を、前にもしていた。

「しかしお咲の気持ちは、平助の方を向いていたわけだな」

「お金に困ってはいたんだろうけど、それだけではなくて、妬みもあったんじゃないでしょうか」

満たされない恋情が、憎しみに変わったのか。

「そうかもしれぬな」

「勝手なやつですよ。それが命取りになった」

西吉への同情はなかった。

翌日、志満造の身柄は小伝馬町《こでんまちよう》の牢屋敷に移されることになった。治癒する病ではない。血を吐くほどになって寝込んだが、運ばれた次の日には上半身を起こせるようになっていた。

牢屋敷で吟味が行われ、死罪となる運びだった。

目駕籠《めかご》に乗せて、輸送には忍谷が付き添うことになった。志満造は動じることもなく、目駕籠に乗った。

凜之助は、浅草溜で三雪と共に見送った。

そして凜之助は、八丁堀の屋敷まで、三雪と連れ添うことにした。世話になった礼のつもりだった。

「それにしても志満造は、あんな体になっても最後まで岡下に付き合った。変わった男だな」

「命を救われたことがあるそうです」

地回り同士の喧嘩があった。そのとき志満造と岡下は、互いに銭で雇われた敵同士だった。

志満造は複数の敵に追われ、今にも追い詰められそうな状況になった。そこへ現れたのが岡下だった。

「あいつは、そのときの気分でおれを逃がしたんだ。だがよ、それでおれは助かった。女房や娘は捨てたのにな」

だから岡下には、最後まで付き合った。そう受け取れる言葉だった。寝床に横たわりながら、志満造は三雪に話したのだとか。

「もうどうにもなりませんけど、あの人には後悔があったのだと思います」

「なるほど。娘の住んでいる場所は分かっても、会うつもりはない。死んだことさえも伝えなくていい。そうやって己を罰したわけか」

「それも勝手な話ですね。改心して、もっと前に訪ねればよかったのに」

同情ではなく、三雪は志満造を憐れんでいた。

それから、小石川養生所での暮らしぶりを話題にした。昨日も今朝も、凜之助は朋と文ゑから、嫁取りの話を進めるように告げられている。

今朝も、そのことについては言われた。

「はあ、考えておりまする」

「ならば決めねばなるまい。そなたは、朝比奈家の主なのですぞ」

発破をかけられている。当然朋は、三雪にも何か言っているはずだった。けれども三雪は、何事もないように、その話には触れなかった。

三雪を送ってから、凜之助は日比谷町の三河屋まで足を延ばした。お麓にも、事の顚末を伝えておかなくてはならなかった。

「お知らせいただき、ありがとうございます。気になっていました」

ほっとした顔でお麓は言った。そしてお麓は続けた。

「お咲さんは、これからどうなるのでしょうか」

案じる顔になった。

「噂が広がれば、縁談もこなくなるであろうな」

「そうですね。またあっても、受け入れにくいでしょう」

「しかしな、人の噂も七十五日というぞ」

苦し紛れに、凜之助は言った。

「そうですね。ご両親は、お咲さんの気持ちを癒そうとしています。それが何よりです」

「うむ」

「実は昨日、おっかさんが三河屋へ見えたんです」

「ほう」

「金子を置いて、簪と庖丁を引き取って行きました」

お咲と平助にとっては決意の品だが、金子にしてしまっては味気ない。持ち出された二本の庖丁の内、事件で使われた一本は返されないが、もう一本は手元に残る。平助の形見になる品だ。

「使うか使わないか分からないが、流してしまうのは忍びないと」

親心だと、凜之助は受け取った。

「では」

「はい」

用件だけ伝えると、引き上げることにした。お麓も文ゑから何か言われているはずだったが、何も言わなかった。落ち着いているように見えた。

今日も屋敷へ帰れば、朋と文ゑから何か言われる。厄介だが、腹が決まらないうちは聞き流すしかなかった。

松之助は、相変わらず鳥籠造りに没頭している。自分には、役目の他にすることがない。何ができるかと考えた。

この作品は「文春文庫」のために書き下ろされたものです。

DTP制作　エヴリ・シンク

文春文庫

朝《あさ》比《ひ》奈《な》凜《りん》之《の》助《すけ》捕物暦《とりものごよみ》
駆《か》け落《お》ち無情《むじょう》

定価はカバーに
表示してあります

2023年5月10日　第1刷

著　者　千《ち》野《の》隆《たか》司《し》
発行者　大沼貴之
発行所　株式会社 文藝春秋

東京都千代田区紀尾井町 3-23　〒102-8008
TEL 03・3265・1211㈹
文藝春秋ホームページ　http://www.bunshun.co.jp

落丁、乱丁本は、お手数ですが小社製作部宛お送り下さい。送料小社負担でお取替致します。

印刷製本・凸版印刷

Printed in Japan
ISBN978-4-16-792040-1